내가 사랑했던
모 든
애 인 들 에 게

일러두기

1. 외국 지명, 인명, 작품명은 국립국어원 외래어 표기법을 따랐습니다.
2. 영화와 노래 제목은 홑낫표(「」), 잡지와 신문 등의 매체명은 겹화살괄호(《》), 책 제목은 겹낫표(『』)를 써서 표기했습니다.
3. 본문 사진의 하단에 표기된 기간은 해당 물건에 얽힌 관계의 지속 기간을 뜻합니다.

내가 사랑했던 모든 애인들에게

올린카 비슈티차,
드라젠 그루비시치 엮음
박다솜 옮김

지구상에서 가장 특별한
203가지 사랑 이야기

The Museum of Broken Relationships

|프롤로그|

잠시라도 존재했던 세상의 모든 연인들에게

사랑이 천천히 고통에 자리를 내어준 10여 년 전 무더웠던 여름을 기억한다. 이미 반토막 난 것 같은 집에서 우리는 부엌 테이블에 마주 앉아 상실감을 극복하고 사랑의 종말을 조용히 받아들이려 애쓰고 있었다. 대화는 거의 없었고, 말을 할 때는 방금 상처에 붙인 반창고를 건드릴까 두려워하며 조심조심 단어를 골랐다. 함께 보낸 4년의 흔적들이 집안 구석구석에서 우리를 멍하니 바라보고 있었다. 행복했던 시절의 사진이 가득 저장된, 이제는 먼지가 소복이 쌓인 데스크톱컴퓨터. 지키지 못한 약속들이 적힌 책과 서로에게 바쳤던 글귀들. 서로의 품에 안겨 영화를 보던 우리를 지켜본, 디지털 시대 이후 골동품이 되어버린 비디오테이프 플레이어. 우리가 앉아 있는 부엌 테이블에 어린 기억들 역시 끝나버린 사랑과 함께 사라질 운명이었다.

사랑의 덧없는 잔해를 어찌하면 좋을까? 검색엔진에 아무 언어로나 '이별'이라는 단어를 입력하면 가능한 한 빠르고 효율적으로 감정의 짐을 내려놓는 방법을 담은 조언이 쏟아진다.

자칭 '전문가'들이 빛바랜 사랑, 또 한 번의 패배와 실패를 떠올리게 하는 잔혹한 흔적들을 모조리 제거하는 방법을 알려준다. 도서관에도, 인터넷에도 망각을 위한 조언이 넘쳐난다. 하지만 정말로 전부 지우는 것만이 유일한 출구일까?

우리를 둘러싼 이별의 처참한 흔적들 가운데 사소한 물건 하나가 뜻밖에도 조각난 기억들을 하나로 이어주었다. 우리는 여행을 자주 다닌 데다가, 한 사람에겐 고양이 알레르기가 있기에 반려동물을 키울 수 없었다. 그 대신 우리는 작은 태엽 인형을 사서 '허니 버니'라는 이름을 붙여주었다. 하루 일과를 마치고 지쳐서 귀가했을 때, 현관에서 활기차게 행진하는 이 털북숭이를 보면 절로 미소가 지어지곤 했다. 이 인형은 지금까지도 기적적으로 우리 두 사람을 하나로 묶어주고 있는 프로젝트의 주춧돌이 되었다.

간단한 아이디어에서 모든 것이 시작되었다. 지나간 사랑을 떠올리게 하는 고통스러운 물건을, 사랑이 남긴 유무형의 흔적을 전부 저장하는 보관소를 만들자는 계획은 남겨진 물건을 내 것과 네 것으로 나누는 것보다 훨씬 괜찮고 예술적인 해법처럼 느껴졌다. 순간의 파괴적인 감정에 휩쓸려 한 연인의 소중한 추억을 도려내는 것보다도 물론 낫고. 우리는 이 보관소에 '이별의 박물관(Museum of Broken Relationships)'이라는 이름을 붙였다.

이별의 박물관은 2006년 지역 예술 축제에서 처음 선보였다. 우리는 선박용 컨테이너에 난파된 사랑이 남긴 물건 마흔 점을 전시했다. 익명으로 표기한 물건들은 가까운 친구뿐만 아니라 전혀 모르는 사람의 것도 있었다. 각 물건에는 다만 주인이 남긴 개인적인 이야기를 덧붙였다. 그러자 한때 오로지 두 영혼에게만 의미 있었던 이야기가 갑자기 관람객들에게, 이별의 고통을 너무 잘 아는 낯선 이들에게 공명을 일으켰다. 오래 지나지 않아 우리는 베를린, 샌프란시스코, 류블랴나, 싱가포르에서 전시 초청을 받았고 최종 목적지를 알지 못한 채 그 짜릿한 여정을 함께하는 마음으로 전시를 이어갔다.

우리 두 사람의 이별은 우리의 일생에서 가장 의미 있을 창조물로 승화되었다. 한 사랑의 끝을 증언하는, 비록 가치가 없어졌을지라도 소중했던 정표와 잡동사니를 모은 세계적인 컬렉션. 그 뒤로 몇 년 동안 우리에게 (몇 군데만 예로 들자면)유럽, 인도, 중국, 오스트레일리아, 미국의 소인이 붙은 소포가 셀 수 없이 도착했다. 이름도 얼굴도 모르는 수천 쌍의 다정한 손들이 그 물건을 조심스럽게 포장하고 두툼한 봉투에 담았을 것이다. 지금껏 스무 개 국가에서 마흔 차례 이상 성공적인 전시가 열렸고 심지어 자그레브와 로스앤젤레스에는 영구적인 박물관이 세워졌다. 그러나 익명의 이야기꾼이 지구의 멀거나 가까운 곳에서 자신이 간직하던 물건을 보내올 때, 그럼으로써 그 물건을 안전한 공간으로 망명시키고 공식적으로 위로받고자 할 때, 그렇게 사랑에 작별을 고할 때 우리는 아직도 당혹스러워진다.

사적인 물건을 기부하는 동기가 위안을 얻고 치유받기 위해서든, 순전히 사생활을 드러내기 위해서든, 영원하지 못한 것을 영원하게 만들기 위해서든 사람들은 자신의 감정적 유산을 전시하는 것을 일종의 의식으로, 엄숙한 의례로 받아들이고 있다. 우리 사회는 결혼과 장례, 졸업을 기념하지만 인생을 망가뜨리거나 인생을 새롭게 빚을 힘이 있는 사건인 이별을 기념할 공식적인 기회는 주지 않는다. 이별의 잔해를 박물관으로 보내는 것은 상실에 대처하는 마지막 단계이자 카타르시스를 주는 경험이 되었다. 기증자들은 자신의 이야기를 풀어놓으면서 그 고백이 박물관 관람객들의 마음을 울리기를 바란다. 그들은 미처 생각지 못했겠지만, 방문객들은 그들의 사연을 읽으며 편안함과 위안을 얻기도 한다. 공적인 공간에 전시된 사소하리만치 일상적인 물건과 그에 얽힌 사연은 완전한 타인에게 일시적인 동료애를 일으킨다. 마치 마법 같다. 아니, 이건 정말 마법이다.

우리는 박물관에 물건을 기증하는 것이 기증자와 관람객들에게 그 나름의 치유, 혹은 치료가 될 수도 있지 않겠냐는 질문을 종종 받는다. 우리는 실제로 사람들이 예기치 못한 방식으로 타인의 경험에 공감하고 그들의 슬픔에서 위안을 찾는 모습을 보아왔지만, 그럼에도 '치료'라는 단어는 피하고 싶다. 치료라는 단어의 의미에는 질병이 함축되어 있다. 우리가 어딘가 잘못되어서 나아야 한다는 듯이, 증상에 맞는 약을 먹으면 모든 게 바로잡힌다는 듯이.

우리는 두 사람의 만남이라는 복잡하고 기적적이고 필연적인 순간이 페이스북의 게시물로 환원되는 시대에 살고 있다. 우리는 만족스러운 미소를 지은 채 미래에 대한 낙관으로 빛나는 자신의 사진을 온라인에 전시한다. 마치 자신이 정말로 행복하다고 설득시키려는 것처럼. 반면 고독이나 우울 같은 감정은 소셜 미디어에 적합하지 않다. 고독이 소셜 미디어에 잘 드러나지 않는 건 당연하다. 그 가치는 복잡해서 '좋아요' 숫자 몇 개로 전환되길 거부하기 때문이다. 우리가 살며 경험하는 균열들에서 비롯되는 멜랑콜리한 아름다움은 불공평하게도, 처진 살과 주름이 포토숍 브러시로 지워지듯 공적 대화에서 금지된다. 우리에게 남은 건 매끄럽게 보정된 행복의 초상에 불과한 이미지뿐이다.

이 책에 실린 물건들은 보정된 것과는 거리가 멀다. 따분하기도 하고 기괴하기도 한 이 물건들은 지난 100년에 걸쳐 세계 곳곳을 배경으로, 때론 정치적, 인종적, 사회적 난관에 맞서 온 인간 경험의 진정한 단면을 포착한다. 주인공들이 분투하는 장소가 기울어진 부엌 바닥이든 전쟁으로 폐허가 된 아프가니스탄의 사막이든 그들의 이야기는 하나같이 우리를 매혹시킨다. 각 물건의 매력은 정확히 그 생생함에, 우리가 사랑하고 결국엔 잃어버린 기적적인 이야기를 드러내 보이기로 선택한 그 주인들의 용기와 솔직함에 있다. 건조한 유머부터 깊은 비탄까지 인간의 모든 감정에 걸쳐 있는 그들의 다양한 서사를 마주하는 일은 겸허한 경험이자 영감의 원천이며, 아무리 짧거나 먼 과거의 일일지라도 타인과 진정으로 연결되었던 순간들을 소중히 여겨야 한다고 우리를 일깨워준다.

제목이 일으키는 정서와 달리 이 책에는 인생의 그리움, 희망이 그득하다. 다행스럽게도 그리고 놀랍게도 인간의 영혼은 거의 언제나 사랑에 새로운 기회를 줄 준비가 되어 있다. 이 책을 우리 영혼의 회복력에 바친다.

올린카 비슈티차

우리가 처음 키스한 밤

남겨진 사람과 남겨진 물건

3부 어느 고백의 결말

길었던 사랑에 마침표를 찍으며

우리는 모든 걸 내려놓고 서로에게 몸을 맡겼다.

나도, 그녀도 서로의 앞에선 부끄러움 없이

온전한 자신이 되었다.

그 사이에 사랑이 있었다.

1부

우리가 처음 키스한 밤

와인 오프너: *Key-shaped bottle opener*

1988년 1월 23일-1998년 6월 30일

슬로베니아 류블랴나

단 하나의 진심

—

당신은 내게 사랑을 이야기했고 매일 작은 선물을 주었다. 이 오프너도 그중 하나다. 마음을 여는 열쇠. 당신은 자주 내게서 고개를 돌렸고 나와 자고 싶지 않다고 했다.

당신이 에이즈로 죽은 뒤에야 당신이 나를 얼마나 사랑했는지 알았다.

코뿔소 인형: *Rhinoceros*

5년 7개월

독일 단슈타트-샤우언하임

사랑이 멸종하지 못하도록

슈테펜에게

코뿔소는 지구의 원시 동물 중 하나야. 멸종 위기에 처한 동물이기도 하지.

우리의 사랑도 그래. 처음부터 우리는 사랑이 자라도록 충분히 보살피지 못했어. 위험에 노출시켰고, 홀로 내버려두었고, 아껴주거나 보호하지도 않았지. 너는 아무도 들어갈 수 없는 성에 있었어. 건널 수 없는 물길과 견고한 성벽으로 둘러싸여 있었고 그 누구도 성문을 열 수 없었지. 단지 겁주려고 하는 말이 아니야. '우리'라는 존재는, 그렇게 죽었어.

어쩌면 사랑이라는 것 자체가 멸종 위기일지도 몰라. 사람들이 이 특별한 감정을, 그리고 그 감정을 일으키는 사람을 존중하고 보호했으면 좋겠어. 우리 모두 '국제사랑보호협회'에 가입하는 건 어떨까?

> "우리는 우리를 몰랐다. 아름다운 시절이었다."
>
> _요한 볼프강 폰 괴테

종잇조각: *Tiny piece of paper*

2001년-2009년

미국 캘리포니아주 로스앤젤레스

내게 관심 가져줘

나는 예술가다. 내가 방에 틀어박혀 작업을 할 때면 동거 중인 여자친구는 내 관심을 끌려고 안달했다. 하루는 방에서 그림을 그리고 있는데 여자친구가 들어와서 작은 종잇조각 하나를 내밀었다.
'내게 관심 가져줘.'
그녀와 헤어지고 2년쯤 지나 발견한 이 쪽지를 자동차 글러브박스에 쭉 보관해왔다.

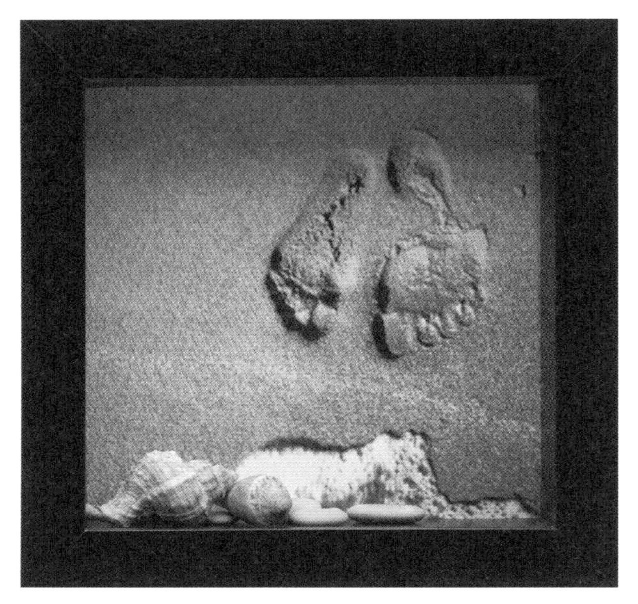

사진: *The space in between*

2009년 여름-2012년 겨울

세르비아 베오그라드

둘 사이의 공간

꿈에서 깨어나면 자세한 내용은 벌써 기억나지 않고 강렬한 감정만이 발가락에서, 뼛속에서, 귓속에서 요동친다. 꿈에서처럼 하늘은 구름 한 점 없이 맑았고 해변에는 아무도 없었다. 우리는 공기를 한껏 불어넣은 고무보트 위에서 씨름을 하고 있었다. 나는 그녀를 인신매매단에 팔아넘기겠다고 농담을 했고, 그녀는 값을 더 받겠다며 맞받아쳤다. 우리는 모든 걸 내려놓고 서로에게 몸을 맡겼다. 나도, 그녀도 서로의 앞에선 부끄러움 없이 온전한 자신이 되었다. 그 사이에 사랑이 있었다. 사진은 몬테네그로 해안 보야나섬에서 찍었다.

지네 인형: *Centipede called Timunaki*

거의 2년

보스니아헤르체고비나 사라예보, 크로아티아 자그레브

우리 같이 살까?

내겐 진심으로 사랑하는 애인이 있었다. 사라예보와 자그레브를 오가는 장거리 연애였다. 우리의 연애는 열두 달을 버텼다. 우리는 함께 살 날을 꿈꿨고, 나는 그러한 소망을 품고 큼직한 지네 인형을 샀다. 우리는 만날 때마다 인형의 다리를 하나씩 뗐다. 다리를 모두 떼고 나면 같이 살자고 약속했다.
하지만 깊은 사랑이 종종 그러하듯, 연애는 끝났고 지네는 다리 몇 개를 지킬 수 있었다.

테라코타 조각상: *Statuette*

2001년-2010년

프랑스 샤트

추운 나라에서 돌아온 너의 선물

우리의 연애는 9년 동안 격렬한 사랑을 나눈 뒤 끝났다.

이별 후 내 생일날 그녀는 자신이 만든 작은 테라코타 인물상을 선물했다. 기다리는 여자의 모습이었다. 그녀는 내게 인물상을 어디에 두었는지 찍어 보내달라고 했지만, 나는 연락하지 않았다. 과학자인 나는 그때 남극 근처의 아주 작고 고립된 섬에서 일하고 있었다. 나는 인물상을 아무도 찾지 못하도록 동굴에 숨겨두었다가 그것을 가지러 돌아가기를 반복했다. 인물상은 가지고 있기도 어렵고 어딘가에 두고 잊기도 어려운 물건이었다. 결국 2년간의 근무를 마치고 집에 돌아온 나는 이 인물상을 내 집의 비밀 장소에 숨겼다. 하지만 더 나은 장소가 있다는 걸 알게 되었다.

모두가 이 인물상을 보고 그녀의 이야기를 알아줄 거라고 생각하면 뿌듯하고, 안심이 된다.

드디어 그녀에게 괜찮은 사진을 보낼 수 있게 되었다.

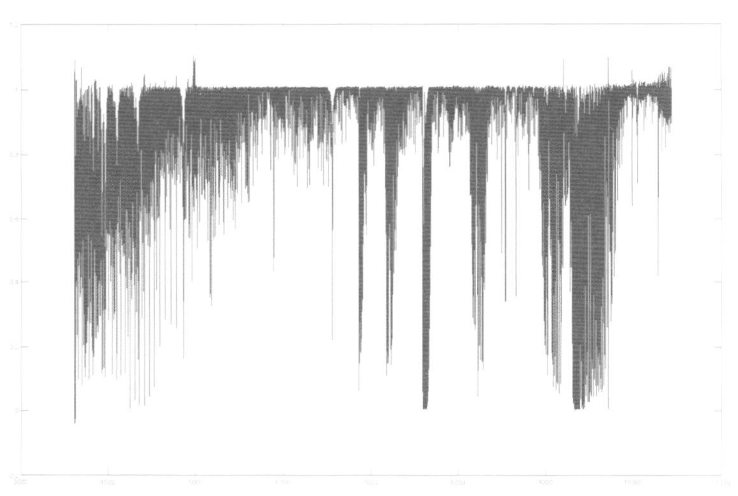

별의 스펙트럼: *Spectrum of a star*

1년

중국 베이징

별빛을 선물받다

우리는 둘 다 천문학자다. 스물여섯 번째 생일날 그는 내게 오리온자리에 속한 어떤 별의 스펙트럼을 선물로 주었다. '파이 3'이라는 이름이 붙은 이 별은 지구로부터 26광년 거리에 있다.

그가 말했다.

"네가 태어났을 때 이 별을 떠난 빛은 무한한 성간 공간과 수없이 많은 먼지와 성운을 지나, 26광년이 흐른 지금 이곳에 도착했어. 너도 그래. 여기서 너는 네 별빛을 만나고, 나는 너를 만나는 거야."

아프리카 돌집 : *African stone house*

43년

스위스 바젤

우리만의 별장

우리는 벨기에 제브뤼헤의 해변에서 우연히 만났다. 그는 열여섯 살, 사 남매 중 하나였고 네덜란드 출신이었다. 나 역시 열여섯 살에 사 남매였다. 내가 스위스 출신이라는 것만 달랐다. 우리는 같은 해 아버지를 암으로 잃고 홀어머니 밑에서 자라고 있었다. 우리 사이에는 특별한 우정이 싹텄다. 우리는 32년 넘게 편지를 주고받았지만, 실제로 만난 건 다섯 번이 전부였다.

쉰여덟 번째 생일을 맞아 맏딸이 암스테르담 여행 경비를 대주었다. 나는 대담하게 그의 집 초인종을 눌렀다. 우리는 감회에 잠겨 묵묵히 서로의 나이 든 얼굴을 훑어보았다.

"작별 인사를 하러 왔어?"

"아니, 왜 그렇게 생각했어?"

그는 한참 망설이더니 말했다.

"네가 암으로 힘들어하는 꿈을 꿨어."

여섯 달 뒤 나는 악성 종양이라는 진단을 받았다. 5년 전의 만남을 끝으로 우리는 더 이상 연락을 주고받지 않았다. 그게 그가 오래 공들여 만든 이 아프리카 돌집('우리만의 별장'이라고 새겨져 있다)을 이제 특별한 장소로 보내야 하는 이유다.

종이접기 꽃: *Origami flowers in a flowerpot*

2012년 1월 12일-2014년 3월 3일

미국 플로리다주 잭슨빌

기념일을 챙기지 않던 사람

나는 냉정한 성격의 경찰관과 사귀고 있었다. 그는 물질적인 선물이 쓸모없다고 생각했다. 특히 기념일을 챙기는 것을 좋아하지 않았다. 하지만 2014년 밸런타인데이에 그는 근무를 마친 아침 일곱 시부터 나를 찾아와 자신이 만든 이 꽃다발을 선물했다. 나는 눈물을 흘렸다. 그가 내게 보여준 가장 특별한 행동이었다.

이 꽃들을 보면 마음이 아프다. 우리가 다시 함께할 수 없다는 걸 잘 알기에. 하지만 해외로 출장을 나갈 때조차 이 꽃다발을 버릴 수가 없어서, 결국은 짐 가방에 넣고 만다.

사이드미러 : *A side-view mirror*

1983년-1988년

크로아티아 자그레브

네가 진실을 말하지 않아서

하루는 남편이 차를 '잘못된' 집 앞에 댔다. 그 실수의 대가로 그는 사이드미러 하나를 잃었다. 나중에야 차는 잘못한 게 없다는 생각이 들어 조금 후회했다. 와이퍼도 혼쭐을 냈지만 사이드미러보다 단단한 재질이라 아예 떨어져 나가지는 않았다. 다음 날 우리 '신사'께서는 집에 와서 어떤 훌리건들이 차 사이드미러를 뜯어내고 와이퍼를 구부려 놨다는 기묘한 이야기를 들려주었다. 하도 웃겨서 하마터면 사실을 털어놓을 뻔했다. 하지만 그는 그날 밤 어디를 다녀왔는지 끝까지 말하지 않았고, 그래서 나도 말하지 않았다. 그렇게 우리 관계는 끝을 향해 달려갔다.

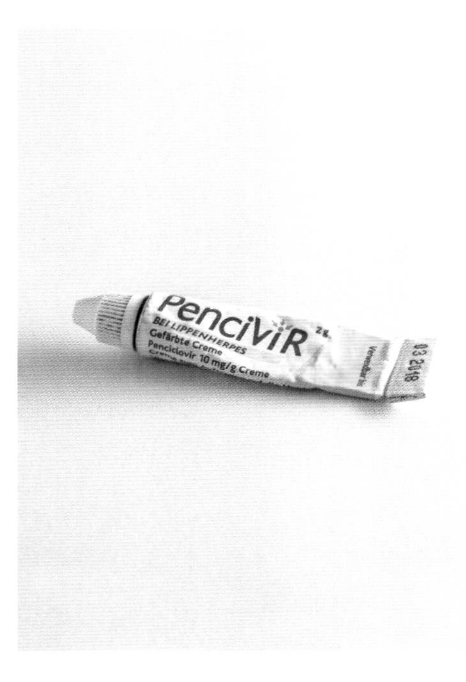

헤르페스 연고: *Pencivir herpes cream*

7년 반

독일 쾰른

네가 남긴 것 중 유일하게 간직한 것

게오르그를 만난 건 사육제 토요일이었다. 수많은 군중 사이, 직접 제작한 슈퍼맨 의상을 입은 남자가 갑작스레 내 앞에 나타났다. 나는 그 의상이 그의 내면을 반영하고 있는지 물었고, 그는 확인해보라고 답했다.

우리는 확인하려 노력했다. 자그마치 7년 반 동안이나. 마침내 그는 내가 사실 자기 취향이 아니라는 걸 깨달았다. 그와 사귀고 3년쯤 지났을 때, 그는 나에게 구강 헤르페스를 옮겼다. 우리는 입가에 물집이 올라올 때마다 그 일을 이야기하며 웃었다.

그와 헤어진 뒤 어느 저녁, 우리는 한 무리의 사람들과 함께 있었다. 나는 나도 모르게 남들 앞에서 입술의 헤르페스를 가리키며 그에게 말했다. "이게 네가 준 것 중 유일하게 버리지 않은 거야." 사실, 진심은 이것이었다. "이게 네가 준 것 중 유일하게 간직하고 있는 거야." 매년 나는 새로 생긴 헤르페스 물집을 이 연고로 다스린다. 최근에는 사육제 일요일에 연고를 썼다. 그럴 때마다 나는 게오르그를 떠올리고, 추억에 잠겨 입술을 쓰다듬는다.

점토로 만든 여우: *Handmade clay fox*

2011년 11월-2013년 7월

미국 메릴랜드주 볼티모어

우리가 처음 키스한 밤

우리가 처음 키스한 밤에 그는 볼티모어 외곽에 있던 우리 집을 나서다가 여우를 한 마리 보았다. 수수께끼와 놀라움, 관능을 상징하는 여우는 우리 관계의 상징이 되었다. 우리가 사는 지역에 여우가 꽤 흔했기 때문인지 모르겠으나, 관계가 점점 깊어지면서 우리는 종종 여우를 보았다. 밤늦게 서로의 아파트를 떠나 집으로 운전해 가는 길에 관목 숲속으로 사라지는 붉은 털의 자취를 발견하곤 했다. 가끔 도망치기 전에 건방지게 우리를 쳐다보는 여우도 있었다.

그가 내게 점토로 여우를 만들어준 게 정확히 언제였는지는 기억나지 않는다. 우리는 애정의 증표로 자주 서로에게 소소한 것들을 만들어주었다. 점토 여우엔 아직도 그의 지문이 남아 있다. 거의 무게가 느껴지지 않을 만큼 가벼운 이 여우를 나는 손가락으로 집어 들고 수십 번 돌려보았다.

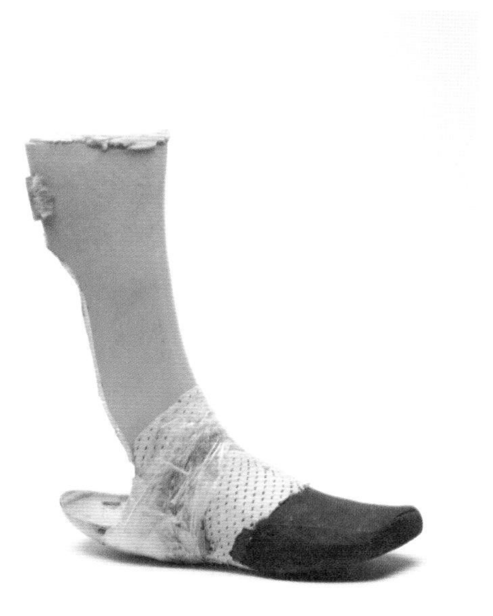

의족: *Below-knee prosthesis*

1992년 봄

크로아티아 자그레브

유통기한 없음

자그레브의 한 병원에서 나는 국방부 소속의 젊고 아름다우며 야심에 찬 사회복지사를 만났다. 그녀가 전쟁 중 불구가 된 나의 무릎 아래를 대신할 의족을 구해주면서 우리 사이에 사랑이 싹텄다. 의족이 우리의 사랑보다 오래갔다. 더 오래가는 소재로 만들어졌기에.

무제 : *Piece of artwork I made in response to what happened*

콕 집어 말하기 어려운 언젠가-2007년 여름

영국 펜린

우리의 플레이리스트

과거를 돌이켜보면, 이제부터는 전과 같지 않으리라는 것을 깨닫는 순간들이 있다. 셰브를 만난 것도 그런 순간이었다. 그는 내게 사랑의 좋은 것들을 전부 가르쳐주었다. 그러나 나는 그가 천천히 광기에 잡아먹히는 모습을 지켜보아야 했다. 서서히 그를 옭아매는 광증에는 곧 과대망상이 따라왔다. 그 모든 일이 고작 한 달 만에 일어났다. 정신이 온전한 순간은 점점 줄어들었다. 길고 느리고 괴롭고 고통스러운 죽음을 지켜보는 것과 같았다. 실제로 그도 마찬가지로 죽음을 예감하고 있었다.

"새크, 내게 무슨 일이 일어나고 있다는 걸 알아. 무슨 일인지는 모르겠지만, 어떤 일이 일어나더라도 내가 널 사랑한다는 걸 기억해줘."

그늘에 숨어 있던 셰브의 또 다른 자아가 깨어나면 그의 목소리가 바뀌었다. 목소리가 바뀌면, 광증이 격해졌다. 광증이 격해지면, 그는 수면 부족에 시달렸다. 오래 지나지 않아, 그는 델리를 돌아다니면서 자신에게 미소를 보내는 모든 여자에게 수작을 걸기 시작했다. 자신이 신이 내린 선물이라도 되는 것처럼. 그는 잠들지 않는 그 도시에서 한때 자신이 소중히 여겼던 책들과 내 편지들을 찢고 내던졌다. 죽음과 파괴와 환생의 신 시바(Śiva)에게 바치는 제물이었다.
3주 뒤, 마침내 그가 돌아왔을 때 남은 건 차갑게 닫힌 심장이었다. 리튬 덕분에 가까스로 박동을 멈추지 않은 심장.

과학적인 질문들,
체계적인 논리들도
내 심장만큼 크게 말하진 못해요
날 사랑한다 말해요
돌아와서 내 곁에 머물러요
아, 그러면 나는 시작으로 돌아갈 테니
_콜드플레이, 「Scientist」

셰브가 화장터에서 날아올라 시바의 망자들과 춤추러 간 그날 이후로 벌써 5년하고도 한 달이 지났다. 우리의 추억이 담긴 물건은 별로 남아 있지 않다. 편지 한 통, 머그잔 하나, 춤추는 원주민 남자를 그린 작은 그림, 그의 할머니가 쓰던 숄, 사진 한 뭉치, 은팔찌 세 개, 살만 루슈디의 소설 『하룬과 이야기 바다』, 눈물 자국이 남고 너덜너덜해진 네 개의 플레이리스트. 우리가 함께 만든 두 번째 플레이리스트는 2007년 3

월 30일, 내가 인도에 머문 마지막 밤에 탄생했다. 내가 셰브를 마지막으로 본 밤이기도 하다. 우리는 이 리스트에 "지금 이 순간, 막 결혼했어요"라는 이름을 붙였다. 우리는 영화 「이터널 선샤인」을 보다가 잠들었고, 우리의 팔다리는 자연스레 뒤엉켰다.

여러 달, 아니, 여러 해 동안 이 노래들은 추억 속으로 여행을 떠나게 해주었다. 그동안 나는 기억을 잃을까 봐 너무나 겁이 났다. 5년이 지난 지금, 나는 이제 그 기억을 잃지 않을 것임을 안다. 빛바랜 추억들이 나의 세포 하나하나에 스며들어 있다. 내가 잠들어 있을 때, 무의식 어딘가의 틈에 존재하는 꿈의 공간으로 셰브가 찾아온다.

반려견 전등: *Dog collar light*

13년

독일 베를린

심장이 뛰는 소리

우리는 13년 동안 결혼 생활을 했고 헤어질 때에는 각자 다른 나라에 살고 있었다. 우리 두 사람의 관계에서 사랑은 우정에 자리를 내주었다. 절망스러웠다. 그녀에게 이별을 말하는 것은 살면서 내가 해야 했던 가장 어려운 일이었다. 적어도 그때까지는 말이다. 그녀는 가족이 있는 자기 나라로 돌아가면서 우리 개를 데려갔다. 나는 그 녀석이 나보다 그녀에게 더 필요하리라 생각했다. 그녀는 내게 소포로 자잘한 물건들을 보내왔는데, 그걸 받을 때마다 마음이 아팠다. 그녀는 나보다 더 고통받으면서도 나를 돌보고 싶어 했다. 나는 이 작고 빨간 전등을 벌써 2년째 잡동사니 가방에 넣고 다닌다. 전등을 볼 때마다 가슴이 미어진다. 그녀는 어두운 겨울밤, 거리에서 길을 잃기 일쑤였던 우리 개를 위해 이 전등을 샀다. 언제나 녀석을 찾을 수 있도록. 이별하고 1년이 조금 지나, 그녀는 스스로 목숨을 끊었다. 혼자서, 호텔 객실에서, 낯선 동네에서. 나는 아직, 살아 있지만, 그러나….

추신: 박물관에 이 조명을 깜박이는 채로 걸어주세요. 저는 그 모습에서 심장박동을 떠올립니다. 배터리는 교체 가능합니다.

결혼반지 : *Wedding rings*

7년

독일 베르기슈글라트바흐

기적은 두 번 일어나지 않는다

결혼식 날 나눠 낀 반지다. 반지의 가운데 선은 인생의 흐름과 서로에게 허용하는 공간을 의미한다. 안쪽에는 우리가 그때 절실히 필요로 했던 세 가지, '사랑, 힘, 용기'라는 글자를 새겨 넣었다.

1998년, 나는 싱글맘이었다. 두 아들과 나는 작은 집으로 막 이사를 한 참이었고, 처음으로 TV를 구입했다. 하지만 나는 기계에는 문외한이었던 터라 혼자 TV를 설치할 수 없어서 동네 가전제품점에 가서 직원에게 도움을 청했다. 전에 몇 번 만난 적이 있던 아주 상냥한 남자였다. 그는 퇴근 후 집에 와 주겠다고 했다. 그가 문을 두드리자, 나는 두 아들이 곧 TV를 볼 수 있으리라는 생각에 신이 나서 문을 열었다. 우리는 와인을 마셨고 많이 웃었다. 그가 마침내 설치를 시작했을 때는 이미 꽤 늦은 시각이었다. 나는 기계에 대해선 아무것도 몰라서, 아주 긴 시간이 필요하다는 그의 말을 믿었다. 몇 시간 뒤 나는 소파에서, 그는 내 발치에서 잠이 들었다. 그때부터 우리는 연인이 되었다. 훗날 그는 요새 TV에는 오토 튜닝 기능이 있지만 나를 보고 한눈에 반해서 집을 방문할 핑계를 찾고 있었다고 털어놓았고, 우리는 종종 그 이야기를 하며 웃었다.

행복한 몇 달을 보내고 나는 중병에 걸리고 말았다. 의사들조차 손을 놓을 정도로 심각한 병이었다. 결혼식 날은 남의 도움 없이 일어서는 것조차 버거웠다. 결혼하고 처음 두 해를 침대에 누워서 보냈다. 몇 번이나 구급차를 불러야 했다. 어려운 시기였다. 남편은 내가 회복할 가능성이 눈곱만큼이나마 있다고 믿는 의사를 찾아냈고, 나는 고통스러운 치료를 시작했다. 남편은 내내 병원에 입원해 있어야 하는 내가 안쓰럽다며 내게 600번의 주사를 놓는 임무를 맡았다. 결국은 기적이 일어났다! 나는 천천히 생기를 되찾았다. 내 몸이 조금씩 나아질 때마다 우리는 멋진 미래를 그리며 눈물지었다.
마침내 혼자 옷을 입을 수 있게 된 날, 나는 행복에 겨워 노래를 부르며 1층으로 달려 내려갔다. 그날 나는 부엌 테이블 위에 놓인 그의 작별 편지를 발견했다.

아직도 답하지 못한 무수한 질문들이 남아 있다.

혼자 점프하는 법

낙하산 장치 : *Parachute rig*

3년

핀란드 헬싱키

처음 낙하산 점프를 하던 날 그를 만났다. 2인용 낙하산 점프 강사였던 잘생긴 그 남자는 겁에 잔뜩 질려 있는 나를 구해주었다. 나중에 그는 내게 혼자 점프하는 법을 가르쳐주었다. 우리는 공중에서 장난하는 걸 즐겼고 서로 사랑했다. 그러던 어느 날, 그는 낙하산 사고로 세상을 떠났다.

철심: *Tibial screw, implanted and removed surgically*

2015년 3월-5월

미국 뉴욕주 뉴욕

내가 널 혼자 두는 일은 결코 없을 거야

우리는 별들이 맺어준 인연이었다. 각자의 제일 친한 친구들이 사귀고 있었고, 몇 번 모임에서 엇갈리고 다른 사람과 연애를 하다 보니 기회를 놓치곤 했다. 그러다 운명의 날이 다가왔을 때, 우리는 빠르고 깊게 서로에게 빠져들었다.

사귄 지 얼마 되지 않은 어느 날 나는 뉴욕에서 수술을 받게 되었다. 3주는 침상 생활을 하고 5주 동안 목발 신세를 져야 하는 수술이었다.

나는 그에게 잠시 헤어지자고 했다. 오래 만나지 않은 애인에게 너무 많은 걸 요구할 순 없었다. 그러나 그는 자신이 빛을 낼 기회를 달라고 했다. 그는 내게 저녁 식사를 만들어주고 자신이 좋아하는 영화를 틀어주고 꽃다발을 가져다주고 마약성 진통제에 빠져 잠에 드는 동안 내 손을 잡아주었다. 그가 어떻게 그리도 활력 있고 자신감 넘치는 모습을 유지하는지, 나는 이해할 수 없었다. 하지만 그는 그런 남자였다.

그는 내가 마취에서 깨어나 그의 빈자리를 발견하는 일은 결코 없을 거라고 거듭 안심시키곤 했다.

깃털 편지: *Feather sent in the mail*

2009년 9월-2013년 3월

오스트레일리아 오렌지

세상에서 제일 가벼운 편지

나와 애인은 같은 도시에 살았지만 차로 한 시간 반 떨어져 있어서 대개 주말에만 만날 수 있었다. 연애 초반에 우리는 거리가 멀어 자주 만나지 못하는 아쉬움을 달래기 위해 훌륭한 우편제도를 활용했다. 서로에게 점점 더 정교한 소포를 보내기 시작한 것이다. 때로 나보다 그가 더 창의적이고 과감했다. 내가 받은 소포 중 제일 마음에 드는 것은 돌과 깃털이었다. 그는 돌의 한쪽 면에 "사랑해"라고 적고, 반대쪽에는 주소를 쓰고 우표를 붙였다. 돌이 다른 편지들처럼 우편으로 배달되었기에 우리 둘 다 깜짝 놀랐다. 그는 다음으로 이 깃털을 보냈는데, 역시 완벽한 상태로 도착했다. 우리의 우편물을 보고 오스트레일리아 우체국 사람들이 무슨 생각을 했을지 궁금했다. 그들 덕분에 우리는 무척 즐거웠다.

어린이용 자동차: *Child's pedal car*

2008년 12월 14일-2011년 1월 9일

체코 프라하

사랑은 자동차를 타고

나는 사랑이 무엇인지 배우는 데에 거의 40년이 걸렸다. 안타깝게도 우리는 격한 감정에 휩쓸려 양 극단을 오가곤 했다. 서로를 사랑할 때 우리는 망설임 없이 사랑했다. 반면에 싸울 때는 서로에게 상처를 입힐 때까지 싸웠다. 그녀 덕분에 나는 처음으로 나무에 올라가보기도 했다. 우리 아이들을 위해서였다. 우리는 서로의 꿈을 이루도록 도와주는 걸 즐겼다. 현실이 된 꿈들 하나하나가 우리 두 사람에게 기쁨이었다.

그녀는 내가 어릴 적 페달 달린 자동차를 갖고 싶어 했다는 걸 알고 있었다. 나이 마흔이 넘어 나는 그런 자동차를 갖게 되었다. 그녀는 여동생과 산책을 하다가 쓰레기장 옆에서 페달 달린 자동차를 발견하고는, 집으로 가져와 욕조에서 깨끗이 닦았다. 그녀는 여동생과 함께 차를 작은 꽃들로 장식하고 바퀴에 내 이름과 자매의 별명, 날짜를 적어주었다. 이 차는 우리 사랑의 상징이자 두 사람이 서로 진실로 사랑하면 어떤 꿈도 이룰 수 있다는 것을 보여주는 증표다.

작은 고무 돼지: *Little rubber piggy*

2012년 2월-2013년 1월

이스라엘 예루살렘

사랑 없이 혼자 살기

미국에 교환학생으로 갔다가 만난 그가 내게 이 돼지 인형을 주었다. 그는 베이컨을 사랑하고 나는 종교적 이유로 베이컨 냄새조차 싫어한다는 사실에 대한 일종의 농담이었다.
우리는 집에서 많은 시간을 보냈다. 와인을 마시고 저녁 식사를 요리하면서, 서로를 사랑하고 짜증나게 하면서, 가족의 추억과 좋아하는 음식으로 서로를 충만하게 채워주면서.
각각 이스라엘과 덴마크 출신인 우리는 습관도 입는 옷도 먹는 음식도 달랐다. 하지만 그럼에도 우리는 무척 닮은 듯했다.
우리는 서로를 순수하고 깊게 사랑했다. 서로의 다른 점마저도 사랑하면서 바로 그 점이 우리의 매력이기도 하다는 걸 알았다. 하지만 우리의 아이를 상상하는 건 복권 당첨을 상상하는 것과 같았다. 내가 유대인 남자와 행복한 삶을 꾸리기를 바라는 부모님에게 상처를 주고 다른 길을 선택하는 건 어려운 일이었다.
나는 잘못된 선택을 했다. 내가 원해서 내린 결정이 아니었다. 지금, 스물일곱의 나는 막 걸음마를 배우는 아이처럼 비틀거리며 일어서서, 인생의 결정들을 내가 직접 내릴 수 있다는 걸 배워나가고 있다. 사랑에 빠진 덕분에 내 운명을 바꿀

힘이 바로 내게 있다는 사실도 알게 되었다. 감사한 일이다.

나는 늦게 성장한 탓에 멋진 사람이었던 그를 붙잡지 못했다. 하지만 세상에 너무 늦은 변화란 없다. 이별의 박물관에 돼지 인형과 우리 이야기를 보낸다. 우리 모두에게 직접 자신의 인생을 결정하고, 강한 의지로 그 결정을 밀어붙일 용기가 있기를 바란다.

언제나 내 마음을 따르리라!

헤어지길 잘했어

샴페인 코르크: *Champagne cork*

2년 반

영국 런던

나는 2011년 8월 6일에 결혼할 예정이었지만, 식을 올리기 반 년 전에 약혼자가 바람 피우는 걸 알게 되었다.
이 코르크는 운 좋은 탈출을 자축하며 마신 샴페인에서 나온 것이다.

청바지 : *Pair of jeans*

영원히

대한민국 서울

나를 사랑하지 못했던 날들과의 작별

―

나는 평생 살과 전쟁을 해왔다. 날씬해야 한다는 가족과 친구, 사회의 압박 때문에 끊임없이 운동과 다이어트를 하며 살을 빼려고 노력했다. 하지만 효과는 오래가지 않았다. 늘 폭식과 요요가 찾아와 체중은 다시 불어났다.
이제 나는 '꿈의 몸무게'를 포기하려 한다. 나는 예전보다 많이 날씬해졌고, 더 이상 몸무게로 인한 스트레스를 떠안고 인생을 낭비하고 싶지 않다.
이제는 헐렁해진 청바지를 기증한다. 언제나 다이어트로 스트레스받던 나 자신과 이별하고 인생의 다른 것들에 집중하고 싶다.

팔꿈치까지 오는 흰 장갑: *Elbow-length white gloves*

아버지는 아직 살아 계신다

미국 아이다호주 보이시

오래된 이야기는 벗어던지고

아버지는 내가 '어떤 부류'의 여자가 되길 바랐다. 내가 절대로 될 수 없는 부류의 여자가. 그의 사랑을 얻기란 불가능했으나 나는 부단히 노력했다. 이 흰 장갑이 그 노력의 증거이자, 그가 원한 딸과 진짜 나 사이에 존재하는 단절의 증거다.

그가 나를 사교계에 데뷔시키던 무도회에서 이 장갑을 꼈다. 오래된 관습이지만 '중요한 사람들'은, 즉 우리 고향 식으로 해석하면 돈 많은 사람들은 아직도 이 관습을 지키고 있다. 아버지는 오래전에 우리 가족을 버렸지만 그럼에도 나를 반드시 사교계에 입문시키겠노라 고집했다. 그래서 나는 장갑을 끼고 우스꽝스러운 흰 드레스를 입었다. 허리를 굽히고 어색하게 인사하는 동안 그는 내 옆에 서 있었다. 거짓말로 점철된 순간은 사진으로 남았다. 나는 후에 먹은 걸 죄다 토했다. 아버지와 나의 관계는 근본적으로 망가져 있었다. 나는 긴 흰색 장갑을 끼고 이브닝드레스를 입는 여자가 아니었다. 그럼에도 오랜 세월 동안 이 장갑을 간직해왔다. 왜인지는 모르겠다. 아버지와 나의 관계는 여전히 망가진 상태인데.

이제 장갑을 버리고, 내 피부로 세상에 나설 시간이다.

거울에 붙인 러브레터: *Love letter on shattered glass*

기간 미상

미국 캘리포니아주 샌프란시스코

'내 인생의 사랑에게'

그와의 연애가 끝나갈 무렵 쓴 러브레터다. 벌써 10년 전 일이다. 우리는 다른 나라에 살고 있었고, 나는 전화보다는 글로 마음을 전하는 데 능숙했다(게다가 당시 국제전화 요금은 상당히 비쌌다). 나는 당시엔 꽤나 새로운 소통 수단이었던 이메일로 편지를 보낼 주소를 물었다. 그는 답장으로 내게 헤어지자고 말했다. 정말 별로라고 생각했다.

그의 메일은 지웠지만 내가 보내지 못한 러브레터는 보관해두었다. 손으로 쓴 편지라는, 구시대적이면서도 낭만적인 사랑의 증표를 낡은 거울에 풀로 붙이고 통째로 깨버렸다. 카타르시스를 주는 의식이 되리라 생각했다. 보기에도 멋지지 않은가. 커터 칼로 날카로운 가장자리를 정리하고 나니, 이 러브레터는 멸종해버린 사랑을 대표하는 훌륭한 표본이 되었다.

실리콘 가슴 보형물: *Silicone breast implants*

2009년-2013년

미국 캘리포니아주 로스앤젤레스, 뉴욕주 뉴욕

가슴이 큰 여자를 좋아했던 그 남자

나는 전 남자친구 때문에 가슴 확대 수술을 받았다. 그는 툭하면 자신을 '가슴 애호가'라고 말하며 내 가슴이 충분히 크지 않다고 넌지시 암시했다. 그때의 나는 그에게 꺼지라고 말할 수 있는 강한 사람이 아니었고, 시간이 흐르자 정말로 내 가슴이 부족하다고 믿게 되었다. 결국 가슴에 실리콘을 삽입하는 수술을 받았다. 수술비는 그가 내는가 싶었는데, 후에 갚으라는 요구를 받았다.

나는 5년 동안 이 한 쌍의 보형물을 몸 안에 지니고 살았다. 그중 몇 년은 그와 함께였고 몇 년은 아니었다. 그 5년 내내 이 보형물을 혐오했다. 보형물은 내게 감정적 트라우마뿐 아니라 신체적 트라우마까지 남겼다.

내 몸은 처음부터 보형물을 받아들이길 거부했다. 첫해에 나는 수술을 두 차례 받아야 했다. 첫 번째는 보형물을 삽입하는 수술이었고 두 번째는 몸 속에서 밀려 올라간 보형물이 제대로 자리를 잡도록 하는 수술이었다. 두 번째 수술에서 의사는 흉근 거의 전체를 복장뼈에서 떼어내기로 결정했다. 나는 흉근이 그렇게 깊이 잘려나갔는지 몰랐고, 회전근개 부상을 입었다. 보형물은 내 가슴 안에서 점점 더 위로 올라갔고, 나는 마치 말도 안 되게 높고 단단한 푸시 업 브라를 한 사람처럼 보였다.

마침내 나는 보형물을 제거하고 타고난 몸의 아름다움을 되찾기로 결심했다. 이는 전 남자친구가 내 인생에 남긴 나쁜 영향을 전부 제거하겠다는 결정이기도 했다.

보형물 제거 수술은 삽입 수술보다 더 어려웠다. 전에 수술을 집도한 의사가 내 흉근을 자르고 말아서 봉합했다고 했다. 새 의사는 봉합을 풀고, 말린 흉근을 풀고, 당겨서 다시 뼈에 붙였다.

어휴. 나는 사랑하는 남자를 위해 내 몸을 망가뜨렸다. 한때는 나 자신보다 그를 더 사랑한다고 믿었기 때문이다. 지금은 그게 얼마나 유해한지 안다. 몸이 망가지고 뼈저리게 후회한 뒤에야 타인을 진정으로 사랑하려면 우선 자신을 온전히 사랑해야 한다는 걸 깨달았다. 보형물을 제거한 뒤 나는 훨씬 행복해졌다.

보형물을 간직하고 싶다는 내 말에 의사는 놀라면서도 즐거워했다. 내가 어떻게 이걸 버리겠는가? 이 보형물은 내가 사랑을 하고, 잃은 동안 겪은 대단한 감정적 여정을 고스란히 보여준다. 이걸 상자에 넣어 "이제 끝이야"라는 말과 함께 전 남자친구에게 보낼까도 생각했다. 그것도 재밌는 일이겠지만, 이별의 박물관에 보내는 게 훨씬 건전하고 나은 생각인 것 같았다. 내게 그토록 많은 고통을 가한 실리콘 두 덩이에 이제 아름다운 작별을 고한다.

어머니의 소지품: *My mom's personal belongings*
어머니는 2006년에 돌아가셨다
폴란드 바르샤바

우리는 꼭 자매 같았다. 나는 자주 아버지를 대신해 어머니의 곁을 지켰다. 아버지는 우리 삶에서 빠져 있었다. 그 이유는 지금까지도 알지 못한다.

내 인생의 모든 순간, 내 곁에는 어머니가 있었다. 내가 원할 때나 원치 않을 때나 마찬가지였다. 외동딸과의 관계를 선택이 아닌 필요에 따라 맺는다는 건, 어머니에게도 매우 어려운 일이었을 것이다. 어머니가 전에 아팠고 지금도 아프며 결국은 병에 굴복하리라는 사실을 계속 마음에 담고 사는 것 역시, 내게 매우 어려웠다.

첫 번째 종양은 내가 태어나기도 전에 생겼다고 한다. 마지막 종양은 내가 스물네 살 때 생겼다. 어머니는 25년 동안 부단히 싸웠다. 나 역시 그녀와 함께 싸웠다. 나는 매번 그녀의 삶에 대한 힘과 의지, 사랑하고 또 사랑받고자 하는 의지에 경탄했다.

그러나 내가 제정신을 지키려면, 나 역시 유전적으로 암에 걸릴 확률이 높다는 사실을 받아들이려면, 마침내 애도를 끝내고 단지 아름다웠던 것들만 기억하려면, 어머니의 삶이 아닌 내 삶을 살아가려면, 이제 그녀를 떠나보내야 할 것이다.

이렇게 나는 그녀를 떠나보내려 한다.

어머니가 몹시 좋아해서 망가질까 봐 한 번도 신지 않은 구두. 어머니가 열여덟 살 때 직접 만들었고, 마흔 살 생일에도 멋들어지게 소화한 드레스. 어머니를 무척 관능적으로 보이게 해준 정장. 어머니는 그렇게 비치는 자신의 모습을 두려워했다. 그리고, 어머니가 돌아가신 뒤 발견한 지갑. 나는 이 지갑이 무척 마음에 들었지만 이건 내 것이 아니라 어머니 것이고, 그 사실을 바꾸어선 안 된다.

엄마, 이제 자유를 찾으셨겠죠. 저도 이제 제 자유를 찾을 거예요. 남편과 아이들을 위해, 아빠를 위해, 그리고 나를 위해. 안녕히 계세요.

당신에게 백 퍼센트 집중했던 여름

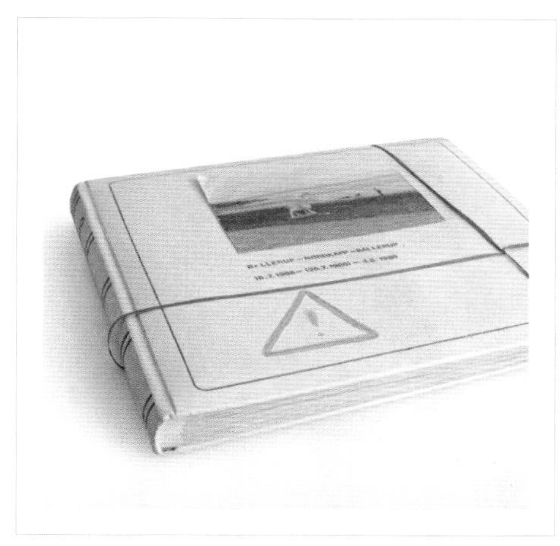

앨범: *60 pages of handwritten travel diary*

1987년 9월-1994년 12월

덴마크 코펜하겐

우리가 행복했던 시절, 내가 당신에게 백 퍼센트 집중했던 유일한 여름의 기억. 우리가 결혼하고 아픈 아이들을 낳고, 내가 아이들에게 온 신경을 집중해야 했을 때 당신은 이미 변해 있었다. 마음 아프게도.

묵주: *Chaplet*

1991년-1994년

헝가리 부다페스트

나 혼자만 살아남아서 미안해

드디어 이 묵주의 새집을 찾았다.

1980년대에 나는 같은 고등학교에 다니는 여자친구 에스더를 사귀었다. 그녀는 독실한 종교인이었는데, 하루는 내 방 책상에 이 묵주를 두고 갔다. 우리 둘 다 그 사실을 눈치채지 못했다. 며칠 뒤 우리는 자동차 사고를 당했다. 그녀는 죽고 나는 살았다. 비극을 당하고 집에 돌아왔을 때 나는 책상 위에 놓인 묵주를 발견했다. 나는 여러 해 동안 불안과 괴로움에 시달렸고, 어째서 그런 사고가 일어났는지 이유를 찾으려고 애썼다. 점점 심각한 죄책감에 빠져들었다.

2년 뒤 나는 내 목숨을 구한 소방서에 취직해서 매일 타인의 목숨을 구하는 소방관이 되었다.

그날 운전대를 잡은 건 내가 아니었지만, 그럼에도 운전을 하기가 꺼려졌다. 14년이 흐른 뒤 나는 결국 직업상의 이유로 운전을 배웠다. 나는 백미러에 묵주를 걸어두었고, 묵주는 나를 지켜주었다.

요즘 만나는 여자친구 크리스타가 어느 날 종교를 믿지도 않는데 왜 차에 묵주를 걸어놓느냐고 물었다. 처음엔 그녀에게 이 이야기를 들려줄 수 없었다. 실은 누구에게도 이 이야기를 들려줄 수 없었다. 스트레스와 불안감으로 마음에 병이 날 지경이었다. 마침내 압박을 버티지 못하고 도움을 찾아 나선 나는 상담과 치료를 받으면서 죄책감을 극복하게 되었고, 새사람으로 다시 태어났다. 그리고 마침내 크리스타에게 묵주에 얽힌 이야기를 들려줄 수 있게 되었다.

지금은 과거를 일단락 짓고 미래에 집중하고 있다. 나는 10년간의 소방관 생활을 마치고 새 직업을 찾았다. 외국으로 나가 새로운 삶을 시작할 작정이다. 사랑하는 차를 팔았고, 묵주를 위한 새집을 찾고 있었다. 작년에 우리는 자그레브에 갔다가 우연히 이별의 박물관을 발견했다. 마침내 묵주가 평화롭게 안식을 취하고 자신의 이야기를 들려줄 공간을 찾은 것이다.

수수께끼 그녀

수제 달력: *Handmade calendar*

3년

슬로베니아 류블랴나

전 여자친구와의 연애 초기, 그녀는 섹스 도중에 내 방 벽에 붙여둔 포스터를 전부 떼어버렸다. 나로서는 받아들이기 아주 어려운 일이었다. 그녀는 아마 그 일을 만회하고자 이 달력을 그렸을 것이다.

바닷가에서 주운 유리병: *Bottle in the sea*

39년

벨기에 브뤼셀

이 유리병과 나는 거의 40년 동안 뗄 수 없는 사이였다.
집 앞 바닷가에서 부모님과 놀다가 유리병을 주웠다. 안에 메시지 같은 건 들어 있지 않았다. 메시지는 그날 오후에 도착할 터였다.
오후에 나는 아버지의 서재에서 유리병에 색칠을 하고 있었다. 아버지는 통화 중이었는데, 음악을 틀어놨는데도 드문드문 목소리가 들렸다. 통화 도중 아버지의 목소리가 조금 바뀌었고, 전화를 끊고 나서는 걱정스러운 표정을 지었다. 그는 스튜디오에서 그림을 그리고 있던 어머니에게로 갔다. 방금 전 통화에 대해 이야기하는 것처럼 보였다. 고작 다섯 살이었던 나는 상황을 잘 이해하지 못했다. 그저 어머니가 울기 시작했다는 것만 알았다. 나는 안락의자 뒤에 숨어서 부모님의 대화를 엿들었다.
"입양했어도 우리 딸이라는 걸, 내 딸이라는 걸 그 애에게 어떻게 설명하지요?"
이제 부모님은 세상을 떠나고 안 계신다. 하루라도 그분들을 생각하지 않고 지나가는 날이 없다. 그립다. 부모님 덕분에 나는 행복하고 충만한 어린 시절을 보냈다. 그들을 기리는 의미에서 나는 이 유리병을, 그리고 이 병에 얽힌 이야기와 나의 이야기를 당신에게 맡긴다.

애증 관계의 결말

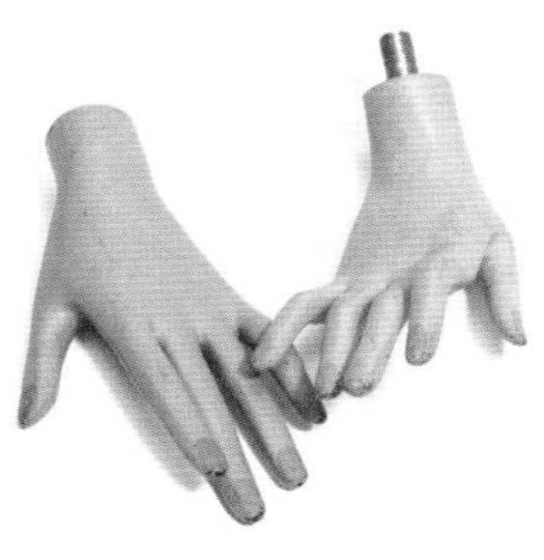

마네킹 손: *Mannequin hands*

5년

독일 베를린

애증의 관계는 5년이면 충분했다. 어느 밤 나는 집을 나와서 다음 날 아침에 돌아왔다. 돌아와보니 내 방은 완전히 쑥대밭이 되어 있었다. 우레탄폼 알갱이가 사방에 널려 있었다. 혼돈 그 자체였다. 내가 제일 좋아했던 마네킹은 사랑이 끝난 순간을 유일하게 지켜보았으므로, 그 장면을 믿을 수밖에 없었다.

돌: *Rock*

11년 반

미국 아이다호주 보이시

첫 번째 유산을 하고 나는 숲에 아기의 유해를 묻기로 했다. 그래야 이 일을 일단락 지은 기분이 들 것 같았다. 혼자 보거스 분지를 몇 시간이나 하이킹하며 적당한 곳을 찾아다녔다. 어두워진 후에도 나는 숲속을 헤매고 있었다. 결국엔 적당한 장소를 찾지 못해서, 나중에 화이트버드 통행로의 돌 아래 모든 걸 묻었다. 그렇지만 이 돌은 기억하기 위해 가지고 있다. 이 돌은 내가 얼마나 누군가에게 기대고 싶었는지, 치유의 과정에서 얼마나 외로웠는지 떠올리게 해준다.

더 나아지기 위해 나는 아직도 홀로 걷는다. 그가 첫 유산 뒤에 마음의 문을 닫았고, 두 번째 유산 뒤에는 내 인생에서 거의 사라져버렸기 때문에.

손뜨개 도일리: *Crochet doily*

2015년

시리아 라타키아

그녀의 일부를 드립니다

이 도일리는 내가 결혼할 때 엄마가 만들어준 것이다. 엄마는 손가락에 통증이 있었고, 눈에도 문제가 있었다.

엄마는 작은 도일리 여섯 개와 큰 도일리 한 개를 만들었다. 시리아를 떠나면서 나는 그것들을 차마 두고 갈 수 없었다. 꼭 엄마의 일부처럼 느껴져서, 지니고 가야 할 것만 같았다. 이제 당신에게 나와 엄마의 일부를 주고자 한다. 엄마가, 그리고 그녀가 우리를 키운 방식이 자랑스럽다.

소박한 반지 : *Size 3 stainless steel wire ring with pink bead*

2001년-2016년

미국 캘리포니아주 페어팩스

고작 반지 따위

나는 열일곱 살이었다. 내가 색깔을 고르자 상인이 철사를 구부렸다. 남자친구가 입 모양으로 내게 사랑을 약속했다. 그 뒤에도 내 인생에 반지들은 많았지만, 길거리에서 산 이 소박한 반지만큼 솔직한 건 없었다. 그는 빈손이었지만 내게 모든 것을 열렬히 약속했다. 나 역시 그에게 모든 것을 주기 위해 바다를 두 번 건넜고, 그의 아이를 두 번 낳았다. 그러나 보다시피 그것만으로는 충분하지 않았던 모양이다.

15년이 흐른 뒤, 새해를 앞둔 밤에 나는 떨리는 목소리로 그에게 창녀를 만나러 갈 때 결혼반지를 뺐느냐고 물었다. 그는 비웃는 투로 그 여자들은 반지 따위 신경 쓰지 않는다고 말했다. 나리타공항에서 샌프란시스코행 비행기에 오르면서 나는 결혼반지를 빼서 가방에 넣었다. 지금 도쿄 소인이 붙은 상자에서 작은 분홍색 반지를 꺼내는 나는, 목청껏 소리를 지르며 이 반지를 태평양에 던져버리고 싶은 충동에 사로잡힌다.

대나무로 만든 작은 사슴: *Small deer made of bamboo*

2년

미국 캘리포니아주 샌프란시스코

이미 손쓸 수 없는

내겐 타일러 안토니오 몬텔레오네라는 친구가 있었다. 네바다주 리노에서 자란 그는 군대에 입대하여 이라크와 아프가니스탄에서 4년을 보냈고, 돌아와서 네바다주 리노 대학교에서 삼림학 학위를 땄다. 그는 모험을 즐겼고 식물을 사랑했으며 장난기가 넘치는 남자였다. 그는 버닝 맨 페스티벌 토목부에서 일하던 중 한 여자를 만나 사랑에 빠졌다. 여자는 그와 리노에서 몇 달을 머문 뒤 학위를 마치러 동부 해안으로 돌아갔다.

그녀가 떠난 날, 타일러는 하루 종일 불안 증세를 보이다가 친구들과 사막으로 나갔다. 그는 몇 주째 심한 외상 후 스트레스 장애에 시달리고 있었다. 자해를 막기 위해 여자친구가 그의 몸을 누르고 있어야 할 정도였다. 다음 날 이른 새벽 2시경, 그는 남동생과 친구들과 함께 울퉁불퉁한 흙길을 매우 빠른 속도로 달리고 있었다. 타일러는 흥분했고 취해 있었으므로 남동생이 운전을 하겠다고 고집했다. 그런데 주행 중에 휘발유가 떨어졌다. 친구들이 휘발유를 구하러 다녀오는 동안, 타일러 형제는 트럭에서 기다리고 있었다. 그러다가 타일러가 트렁크에 휘발유 캔이 있는 걸 기억해냈다. 그는 트럭에 휘발유를 채우고 친구들을 찾아 나섰다. 이번엔 남동생이 운전하지 않았다. 타일러는 안전벨트도 하지 않았다.
트럭이 구르기를 멈췄을 때, 타일러의 남동생은 안경이 부러졌다는 걸 깨달았다. 운전석을 손으로 더듬어보니 비어 있었다. 흙과 돌 위를 기어 다니며 타일러를 목 놓아 부르다가 마침내 그를 찾았을 때에는, 더 이상 손쓸 길이 없었다.
이 사슴은 그의 어머니가 만든 작은 기념물이다. 이 이야기를 들려주고 난 지금, 내겐 더 이상 필요 없는 물건이다.

어떤 판타지

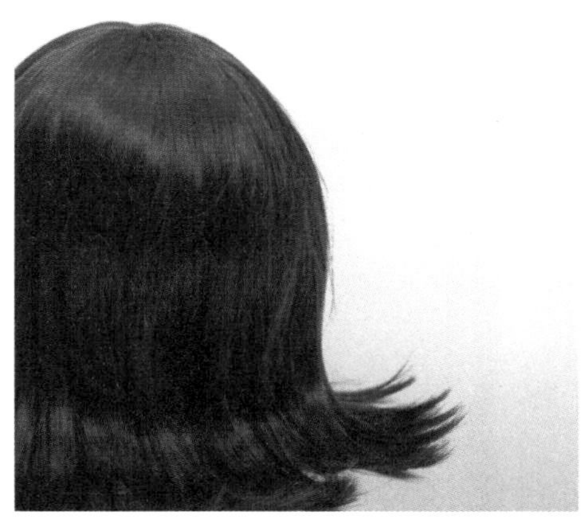

붉은 가발: *Red wig*

2007년 7월-2008년 3월

미국 뉴욕주 뉴욕

전 여자친구는 내가 자기 아파트에 놔둔 옷가지와 CD를 돌려 주면서 처음 보는 이 가발을 함께 주었다. 쪽지 한 장 없었다. 우리가 헤어지기 전, 나의 어떤 판타지를 충족시켜주기 위해 산 것이라고 추측할 뿐이다.

책 : *Bob Dylan "Tarantula"*

2년

영국 슬리퍼드

꿈에도 몰랐던 일

내가 열일곱 살에 사귄 미국인 '남자친구'에게 받은 이 책에는 "야생 늑대를 길들인 ○○에게"라는 헌사가 적혀 있다. 책을 받을 때만 해도 나는 그가 헤어진 후 몇 년 동안 우리 부모님을 쫓아다니며 괴롭히고, 마침내 성전환을 하고 얻은 새 인격에 그들의 이름을 붙이게 될 것이라고는 상상조차 하지 못했다.

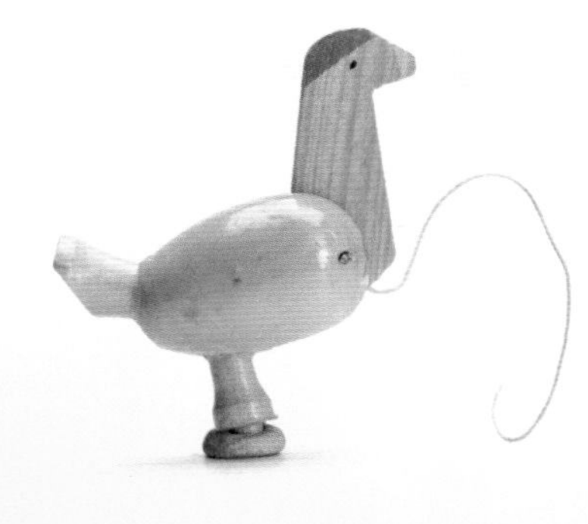

수탉 장난감: *Wooden Rooster*

19년

멕시코 멕시코시티

그는 나를 한 번도 사랑한 적 없었다

나무로 만든 이 수탉은 멕시코 전통 게임의 상품으로 받은 것이다. 내 마음을 찢어놓은 아버지의 선물이기도 하다.

내가 아홉 살 때 부모님이 이혼하셨다. 열다섯 살이 됐을 때, 아버지에게 나를 안아주지 않는 이유를 묻자 그가 대답했다.

"네가 진짜 내 딸이라는 걸 내내 의심하고 있었다."

취중진담이었다.

내 안에서 무언가 부서지는 걸 느꼈다. 어떻게 아버지가 그런 말을 한단 말인가? 나는 그와 똑같이 생겼다. 눈도, 입도, 눈썹도 같다. 나는 그와 입맛도 비슷하고 말버릇도 비슷하다. 그와 이렇게 닮은 나를 부정하다니.

아버지를 다시 만난 건 몇 달이 지난 뒤였다. 그는 울면서 난 우리가 닮은 걸 모르겠는데 너는 어찌 아는 거냐고 재차 물었다. 나는 그가 미웠다.

내가 열아홉 살이 되던 해, 아버지가 암에 걸렸다. 병에 걸린 그를 보는 건 아주 고통스러웠다. 그토록 강한 사람이었는데. 아버지가 돌아가시자 나는 어느 때보다도 슬프게 울었다. 나는 그를 용서했고, 내 형제들과 어머니가 그로 인해 겪어야 했던 슬프고 흉한 경험들은 잊으려고 노력했다. 그를 생각하면 때로 화가 치밀고 때로 애정을 느낀다. 지금은 애정을 느끼는 때가 훨씬 많다.

스물여섯 살의 나는 지금 이 물건을 보면서 그의 관대함만을 기억하려 한다. 그는 언제나 내게 옷가지와 장난감을 안겨주었다. 내가 좋아하거나 말거나 상관없었다. 어쩌면 그게 그가 아는 유일한 사랑의 언어였을지도 모르겠다. 내가 원했던 따뜻한 포옹을 건네는 그만의 방식이었을지도.

웬만해선 아프지 않다

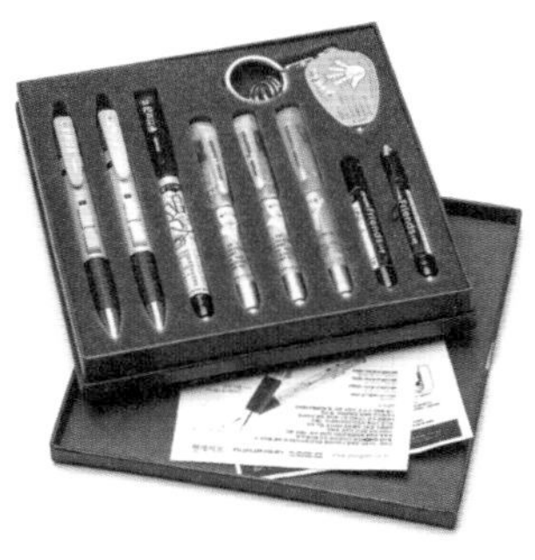

수지침 세트: *Set of acupuncture pens*

2007년-2009년

미국 펜실베이니아주 피츠버그

우리가 함께였던 2년 동안 나는 계속 몸이 아팠다. 그녀는 동양의학 신봉자였고 자꾸 특별한 죽이나 음료, 약용식물을 갖다주었다. 그녀가 선물한 이 수지침 세트를 나는 한 번도 사용하지 않았다. 그녀와 이별한 뒤 건강이 갑자기 좋아졌다. 이제 웬만해선 아프지 않다.

풀지 못한 퍼즐

십자말풀이: *Crossword puzzle*

인생의 시작-2015년 4월 14일

이탈리아 볼로냐

2015년 4월 14일 아버지가 돌아가셨다. 나는 병원에서 그를 간호하고 있었다. 아버지는 십자말풀이를 좋아하셨다. 마지막 것은 미완성이다. 아버지는 재미있고 수수께끼 같고 편안한 사람이었다. 이 퍼즐처럼.

끝이 보이는 연애

동화책 꾸러미 : *Batch of German children's books*

1990년-1994년

벨기에 브뤼셀

그녀는 교사였다. 그녀가 나를 애칭으로 부르는 건 상관없었다. 오히려 다정하게 느껴졌으니까. 물론 나는 그녀를 사랑했다. 하지만 그녀가 자필로 헌사를 쓴 어린이 책을 내게 선물하기 시작하자, 나는 이런 연애는 오래갈 수 없다는 걸 깨달았다.

결국 나는 오랜 시간 애써 눈감아왔던 사실을 깨달았다.

당신은 단 한 번도

나와 진지한 관계를 맺을 준비가 된 적이 없었다는 걸.

2부

남겨진 사람과 남겨진 물건

피터팬 봉제 인형: *Peter Pan plush toy*

1991년-현재

미국 캘리포니아주 우들랜드 힐스

안녕, 나의 피터팬

스물다섯 번째 생일날, 내 안의 어린 소년을 항상 깨워두겠다는 의미로 이 작은 봉제 인형을 샀다. 이 인형은 그날부터 컴퓨터 위에 앉아 내게 영감이 되어주었다. 쉰 살을 눈앞에 둔 지금, 그 소년은 사라지고 없다. 당찬 포부는 썩어 문드러졌고 상상력은 골목 끝 폐가의 먼지 쌓인 구석에 처박혔으며 영감은 가을바람에 산산이 흩어졌다.

하지만 그렇게 말하느니, 이 인형에 다른 설명을 붙이고 싶다. "나는 성장했다." 그러면 좀 더 우아하게 들린다.

유리병 속 웨딩드레스: *Wedding dress in a jar*

7년

미국 캘리포니아주 샌프란시스코

망가진 꿈

우리는 7년을 함께했고 그중 5년은 부부였다. 우리가 살던 섬의 바닷가 근처에서 우리는 소박한 결혼식을 올렸다. 그때 나는 나비와 꽃이 수놓인 실크 드레스를 입었는데, 언젠가 다시 입으리라 생각하고 보관해두었지만 그럴 기회는 오지 않았다. 남편이 떠난 지 1년이 된 지금, 이 드레스를 어찌해야 할지 모르겠다. 멀쩡한 물건을 쓰레기 매립지에 버리는 건 내키지 않고, 내 망가진 꿈을 상징하는 물건을 아무것도 모르는 누군가가 입고 돌아다닌다는 생각을 하면 그것도 참 싫다. 그래서 재활용을 하려고 이 유리병에 드레스를 넣어보았다. 새로운 형태를 입은 드레스가 다시 아름다워 보이기 시작했다. 옷걸이에 공허하게 걸려 있을 때보다 훨씬 덜 슬퍼 보인다. 여기에는 어떤 은유가 숨어 있다는 확신이 든다.

편지 꾸러미 : *Box of letters and memorabilia*

2006년 5월-2012년 3월

미국 캘리포니아주 사우스 패서디나

물에 젖은 편지

우리 둘 다, 우리의 첫 만남에 대해 이야기하길 좋아했다. 로스앤젤레스에서 샌디에이고로 가는 만원 기차에서 우리는 처음 만났고, 눈빛과 농담이 오갔다. 같은 역에서 내리자 그녀가 내게 차를 태워주겠다고 제안했다.

사랑이 부족한 것도, 우리 사이의 화학반응이 부족한 것도 아니었다. 그러나 아름다운 허니문이 끝나자 우리는 변덕에 빠졌다. 치열한 다툼과 말도 안 되는 약속들, 게다가 알코올중독과 의존증에 맞서 싸워야 했다.

우리는 따로 살았고, 같이 살았고, 먼 거리에서, 그보다 가까이에서도 살았다. 하지만 처음 별거한 뒤로는 한 번도 같은 도시에서 살 수 없었다.

이 편지 뭉치는 대부분 그녀가 모은 것이다. 폭력의 경계를 오가는 심한 싸움 도중에 그녀는 이 편지들을 자기가 가져가겠다고 주장했다. 나는 편지 꾸러미를 욕조에 던져 넣고 수도꼭지를 틀었다. 그녀는 슬픈 얼굴이 되더니, 당장 꼬리를 내리고 편지를 구하는 데 몰두했다.

결국 편지를 갖게 된 건 나지만, 내겐 이 무거운 꾸러미를 보관할 공간이 없어서 이별의 박물관에 보낸다.

머리카락 타래 : *Lock of hair*

1990년 6월-1999년 10월

멕시코 멕시코시티

그를 애도하며

스무 살 적에 나는 나보다 서른셋이나 많은 멋진 남자 엔리케와 사랑에 빠졌다. 우리의 이야기는 진실한 사랑의 이야기였다. 나이 차이는 중요하지 않았고, 가족과 친구의 허락은 우리에게 무의미했다. 우리는 서로를 깊이 사랑했고 9년 동안 함께 수많은 행복한 순간들을 즐겼다.

우리의 관계는 자연적인 이유로 끝났다. 1999년 10월 2일, 그는 예순두 번째 생일을 이틀 남기고 세상을 떠났다. 그를 만난 이후 단 하루라도 그를 생각하지 않고 보낸 날은 없다. 그가 죽은 뒤에도 마찬가지다. 내 마음은 산산조각 났지만 나는 어떻게든 살아가고 있다.

2009년, 엔리케의 사망 10주기를 맞아 나는 애도의 의미로 머리를 잘랐다. 그러나 엔리케에 대한 내 사랑은 이렇게 잘라낼 수 없었다. 엔리케가 평안히 쉬기를 바라는 마음으로 몇 년 전 자른 이 머리카락 타래를 당신에게 보낸다.

영화 전단지: *“Keka” flyer*

2003년 10월

필리핀 마닐라

세상에서 가장 다정한 생일 선물

전 애인과 나는 내 신작 영화 「케카」 개봉을 축하하며 우리의 연애가 시작된 뉴욕으로 돌아가기로 했다. 그녀는 나 몰래 영화의 해적판을 구입하고 몇 주에 걸쳐 직접 자막을 달았다. 그러고선 우리가 살던 곳 근처의 지하 극장을 빌려 상영회를 계획했다. 그녀는 나의 친구들과 가족, 심지어 내가 존경하지만 아는 사이는 아니었던 예술가들을 초청했다. 그게 그녀가 준비한 내 스물세 번째 생일의 깜짝 선물이었다. 이는 타인이 나를 위해 해준 가장 다정한 일이었다.

찢어진 청바지:

Blue jeans that had to be cut off my husband after a motorcycle accident

1983년-2009년

미국 아이다호주 헤일리

혼자 살아가는 법

우리 아이들의 아버지, 내 남편은 어느 여름날 저녁 오토바이를 타고 가다가 엘크에게 치였다. 머리를 완전히 보호하는 헬멧을 쓰고 있었음에도 그는 뇌에 반충 손상을 입었다. 수술 후에는 재활 병원에서 넉 달을 보내야 했다. 지금 그는 다리 근육이 위축되어 휠체어를 타고 다닌다. 말은 할 수 있지만 그의 현실은 나의 현실과 무척 다르다. 그는 인생의 다른 시절로, 다른 장소로, 다른 사람들에게로 시시각각 여행을 떠난다. 그의 몸은 여전히 여기 있지만 나는 망가진 관계 속에서, 일방적인 관계 속에서 살아가는 방법을 배워야 한다.

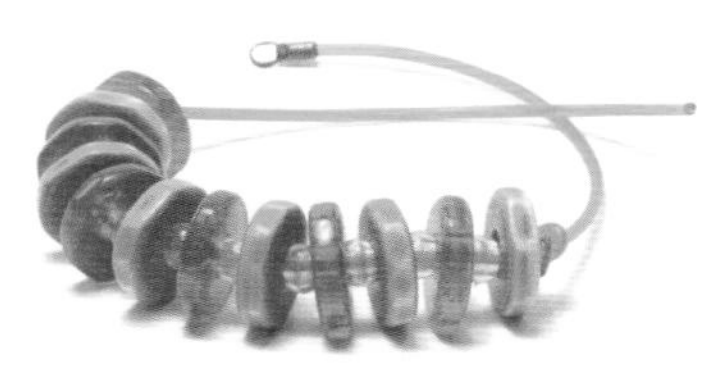

빨간 플라스틱 체인: *Red plastic chain*

14개월

스위스 바젤

이제는 볼 수 없는

이것은 빨간 플라스틱 체인이다. 손주가 아주 좋아했다.

나는 그 애를 사랑했고 그 애도 나를 사랑했다. 우리 사이엔 깊은 사랑이 존재했다. 아이는 내가 지니고 다니는 이 체인을 가지고 즐겁게 놀았다. 어느 날, 아이가 체인을 너무 세게 잡아당긴 나머지 고리가 망가졌다. 체인은 끊어져서 못 쓰게 되었다.

손주는 생후 14개월에 끔찍한 죽음을 맞았다. 마음이 산산조각 났다는 표현으로는 부족하다. 내 마음의 한 조각은 영원히 뜯겨나가 짓뭉개졌다.

바이올린 로진: *Violin rosin*

2013년

미국 미주리주 워런즈버그

의자 몇 개의 거리

아마도 누구에게나 고등학교 시절 연인이 있었을 것이다.

우리는 한 친구를 통해 만났고, 첫 만남에서 새에 관한 이야기를 나누었다. 나는 그녀의 지식에, 일상적인 대화에서도 드러날 만큼 강렬한 그녀의 열정에 놀랐다. 그렇게 나는 내 인생을 가장 크게 바꿔놓은 열 달짜리 연애로 곧장 뛰어들었다. 나는 그녀의 관심사를 좇아 더 나은 대화를 나누고 싶었다. 쥐부터 뱀까지 각종 동물을 다룬 책을 셀 수 없이 탐독하고 그에 관한 영화도 보았다. 그러다 마침내 그녀와 나눌 만한 관심사를 찾았는데, 그동안의 노력이 무색할 만큼 동물과는 관계없는 것이었다.

그녀는 고등학교 오케스트라에서 수석 비올라를 맡고 있었다. 나는 그녀를 위해서라면 산도 옮길 작정이었고, 실제로 그렇게 했다. 고등학교 2학년 때 나는 난생처음으로 비올라를 잡아보았다. 손가락 끝이 견디지 못할 때까지 연습을 반복했다. 그 결과, 비올라를 시작하고 몇 달 만에 오케스트라에 가입하는 쾌거를 이루었다. 내게 주어진 건 제일 미미한 파트였지만, 그래도 나는 사랑하는 여자와 의자 몇 개 거리에 앉아서 연주할 수 있었다. 그녀는 그녀가 연주하는 음악만큼이나 아름다웠다.

나는 성공했다고 생각했다. 그러던 어느 날, 그녀가 느닷없이 나를 학교 도서실로 부르더니 헤어지자고 말했다. 처음엔 그녀가 농담하는 줄로만 알았다. 그런데 농담이 아니었다. 그녀는 나와 사귀고 몇 주 만에 마음이 식었지만 내가 목숨을 끊기라도 할까 봐 사실대로 말하지 못했다고 고백했다. 터무니없는 소리였다. 그로부터 오래 지나지 않아 나는 이사를 갔고 다른 고등학교에서 3학년을 보냈다. 바이올린을 샀지만, 실력이 늘지 않았다. 그 바이올린은 결국 누군가에게 줘버렸다.

나는 얼마 전에 이 로진 토막을 발견했다. 내게는 이제 쓸모가 없다.

체크 메이트

휴대용 체스판: *Magnetic chessboard*

2008년 6월-2014년 10월

에스토니아 탈린

중국에서 제조되어 런던에서 판매되었고, 세상의 네 구석을 돌아다니다가 프랑스에서 잊히고 벨기에에서 버려지다.
체크 메이트! 왕이 체크를 피할 수 없는 위치에 다다르면 게임은 끝이 난다.

수갑 모양 펜던트: *Steel handcuffs pendant*

2008년 5월 18일-2011년 12월 27일

멕시코 멕시코시티

감당할 수 없었던 사랑

그녀는 나의 정신과 의사였다. 치료가 시작되고 3년 반이 지난 어느 날, 그녀는 이제 나를 치료하지 않겠다고 말했다. 여섯 달 뒤 그녀가 나를 찾아왔고, 우리는 데이트를 시작했다.

우리는 1년 반을 함께 살았다. 그녀는 우리의 관계가 결혼과 같다는 의미로 이 펜던트를 내게 선물했다. 우리가 헤어진 건, 그녀가 커밍아웃을 할 용기를 내지 못했기 때문이었다.

우리가 헤어졌을 때 나는 스물두 살, 그녀는 서른여섯 살이었다. 그녀는 지금 남자와 산다. 레즈비언으로 사는 걸 감당할 수 없다면서.

우노 「패밀리 가이」 버전: *"Family Guy" edition Uno game*

2007년-2012년

미국 미시건주 퍼토스키, 오스트레일리아(장거리 연애)

시작도 못 한 게임

우리에겐 좀처럼 기회가 오질 않았다. 미국이 나를 이라크로 보낼 때 당신은 고국인 오스트레일리아로 돌아가야 했고, 내가 미국으로 돌아갈 때면 당신은 다른 곳으로 갔다. 이라크는 남편을 잃은 쌍둥이의 어머니가 있을 만한 곳이 아니었고, 오스트레일리아 군에서 당신은 트라우마 간호사로서 중요한 역할을 맡고 있었다. 당신은 일에 자부심을 느꼈기에 그만둘 생각이 없었다. 나는 그런 당신을 존경했다. 그렇게 우리는 장거리 연애를 계속했다. 잇따르는 불운과 군인으로서 우리 두 사람의 의무는 우리가 연인으로서 품고 있던 갈망에 계속 방해가 되었다.

당신에게 애니메이션 「패밀리 가이」를 아주 좋아하고, '우노' 게임에선 적수가 없다는 이야기를 들은 뒤에 이 카드가 눈에 띄었다. 언젠가 당신과 이 카드로 게임해서 이기고 싶었다. 이라크로 파병된 나는 가방에 이 카드를 넣었고, 휴가를 받아 오스트레일리아에 갈 때에도 지니고 갔다. 오스트레일리아에서 당신과 카드놀이를 하고 싶었다. 내가 도착하기 2주 전, 당신의 '친구'가 당신을 강간하고 죽기 직전까지 때렸다. 당신은 나를 보고 싶어 하는 마음과, 수치심에 사로잡혀 나와 대화하길 원치 않는 마음 사이에서 갈피를 잡지 못했다. 나는 당신을 기다리며 18일 동안 안개 낀 브리즈번을 목적 없이 방황했다. 결국 나는 당신을 보지 못하고 이라크로 돌아가야 했다. 이 카드 역시 나와 함께 돌아왔다.

우리는 헤어졌지만, 중력에 이끌리듯 다시 만났다. 내가 마침내 전역하고 당신 역시 복무 기간을 거의 마친 시점이었다. 당신은 아프가니스탄에서 비행기를 타고 오스트레일리아로 돌아가는 날 공항으로 마중을 나와 달라고 부탁했다. 내겐 그보다 더 행복한 부탁이 없었다. 부랴부랴 짐을 싸다가 이 카드를 발견해서 가방에 넣었다. 드디어 기회가 생길 테니까!

그런데 귀국은 당신에겐 너무 큰 일이었다. 당신은 부모님, 아이들과 상황을 정리할 때까지 보름만 시간을 달라고 부탁했다. 나는 기꺼이 기다리겠노라 대답하고 당신의 연락을 기다리며 싱가포르와 인도네시아를 관광했다. 며칠은 어느덧 몇 주가 되었고, 수 차례의 이메일과 전화에도 당신은 묵묵부답이었다. 결국 나는 오랜 시간 애써 눈감아왔던 사실을 깨달았다. 당신은 단 한 번도 나와 진지한 관계를 맺을 준비가 된 적이 없었다는 걸.

그래서 나는 내가 제일 잘하는 걸 했다. 계속 여행을 했다. 당신의 서른 번째 생일날 나는 자그레브를 여행하다가 이별의 박물관을 발견했다. 아마도 세계에서 가장 많은 장소를 여행했을 이 우노 카드가 유랑을 마치기에 적합한 곳이었다. 후회하지 않는다. 많이 배웠으니까. 사랑하는 당신이 삶에서 평화를 찾길 소망한다. 당신에겐 그럴 자격이 있다.

I love you.

I love you

I love you

BESKRAJNO

편지 : *Child's wartime love letter*

1992년 5월(사흘)

보스니아헤르체고비나 사라예보

전쟁 중에 쓴 러브레터

사라예보가 공격받았을 때 우리는 여럿이 무리지어 떠났다. 도시를 떠나자마자 인질로 잡혀 사흘을 보내야 했다. 그때 나는 막 열세 살이 된 참이었다. 우리 옆 차에는 엘마라는 이름의 어린 소녀가 어머니와 내가 기억하지 못하는 다른 사람들과 타고 있었는데, 내가 기억하는 건 그녀가 금발이었고 말도 안 되게 귀여웠다는 사실뿐이다. 나는 어린애답게 솔직한 사랑에 빠졌고, 이 편지에 숨김 없이 사랑을 고백했다. 그녀가 급히 집을 떠나면서 음반을 하나도 가져오지 못했다기에 그녀에게 내 음악 테이프를 몇 개 주었다. 억류는 갑작스레 끝났다. 트라브니크 근처에서 엘마의 차를 놓치면서 그녀에게 이 편지를 줄 기회는 영영 사라졌다. 그녀 역시 내게 아즈라, 비옐로 두그메, EKV, 너바나의 테이프를 돌려주지 못했다.

물론 나는 그녀를 다시 만나지 못했다. 내가 준 음악이 그녀에게 끔찍한 상황에서도 좋은 일이 하나쯤은 있었다는 추억이 되길 바랄 뿐이다.

사진: *Photograph*

2006년 10월 15일-2016년 9월 15일

미국 콜로라도주 덴버

붉게 타오르는 기억들

7년 전, 내 스물한 번째 생일날 그녀에게 받은 여러 개의 선물 가운데 하나다. 선물 중에는 전문가들이 쓸 법한 대형 용지에 크게 인쇄한 사진도 있었는데, 미술관 벽에 걸면 꼭 어울릴 것 같았다. 그녀가 유독 자랑스럽게 여긴 작품이었다. 나는 그것을 칠면조 구이용 알루미늄 판에 넣어서 아파트 뒷마당에서 태웠다. 그 불길을 보고 이웃들은 깜짝 놀랐을 것이다.

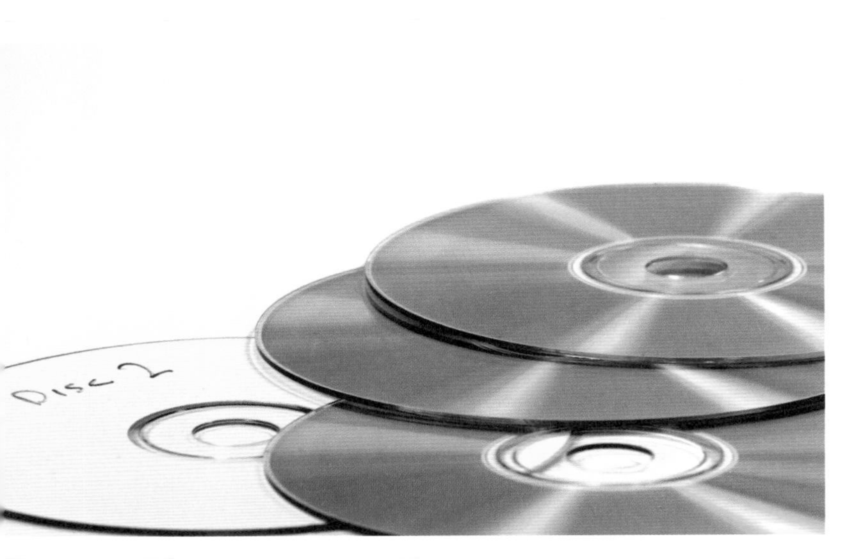

네 장의 *CD: 4 discs*

2008년 5월-2009년 1월 10일

미국 버지니아주 리치먼드

서른네 살 남자의 흔적

2008년, 나는 예순두 살이었고 그는 서른네 살이었다. 나는 그 사람 같은 남자를 찾고 있지 않았고, 그 역시 나 같은 여자를 찾고 있지 않았다. 별안간 우주가 문을 열어주었고, 우리는 그 안으로 들어갔다. 그는 내게 마법 같은 시간을 선사했다.

2009년 1월 10일, 나는 그를 보내주었다. 마법을 끝내고 싶어서가 아니라, 그것이 처음부터 끝날 운명이었던 우리 관계를 매듭짓는 제일 나은 방법이었기 때문이었다.

내가 죽고 나면 가족들은 유품을 정리할 테지만 그 남자의 흔적은 찾지 못할 것이다. 나는 모든 증거를 없애고 추억을 마음속에 묻었다. 이 네 장의 CD는 유일한 예외다. 서른네 살의 그 남자는 내게 무언가 중요한 것을 주고 싶다며 자신이 모은 CD를 선물했다. 그는 내게 자신이 아끼는 것을 주길 원했다. 그는 내게 음악을 주었다.

이별의 박물관에 이 CD를 남기는 것은 그를 추억하고, 상심한 나의 마음을 위로하기 위해서다.

고마워!

커플 인형: *Our puppets*

10년 이상

스페인 산토냐

우리를 닮은 인형

이 한 쌍의 인형은 전 여자친구가 생일 선물로 손수 만들어준 것이다. 인형은 우리 둘을 닮았다. 아트 디렉터이자 뮤지션인 나는 셔츠에 색연필을 꽂고, 바지 주머니에 CD를 넣은 차림이다. 재봉사인 그녀의 옷에는 재봉틀이 수놓여 있다. 우리처럼 인형의 팔에도 별 모양의 타투가 있다.

그녀는 인형과 함께 밴드 블록 파티의 콘서트 티켓 두 장을 내게 주었다. 우리는 결국 그 콘서트에 가지 못했다.

다비다(*Davida*) 폰트: *Mutually loved Davida font*

2008년 10월-2012년 12월

미국 캘리포니아주 로스앤젤레스

멍청하고 사랑스러운 글자

그녀와 나는 그래픽디자인 수업에서 만났다. 그녀는 첫 과제물에 가장 멍청하고 가장 아무렇게나 쓰이고 (지금 내게는) 가장 사랑스러운 폰트, 다비다를 사용했다. 그녀가 만든 1970년대 경마 포스터의 헤드라인에 이 폰트가 쓰였다. 그녀는 이 폰트를 보면 '흥이 난다'고 했다. 나는 정중하게 그 의견에 반대했다(우리는 막 통성명한 사이였다).

일주일쯤 지나서, 도심으로 사진 촬영을 나간 우리는 패서디나의 한 인도 러그 가게 로고에서 이 폰트를 발견했다. 그녀가 '흥이 난다'고 읽은 이 폰트를 보통 사람들은 '인도 러그 도매'라고 읽었다. 나는 웃었다. 그녀도 웃었다. 우리의 폰트가 우리를 이어주었다.

관계가 깊어지면서 우리는 다비다 폰트가 적힌 물건을 200개쯤 수집했고, 온 세계의 소상공업자들과 그래픽디자이너 지망생들이 뭐라 꼬집어 말하기 어려운 이 폰트로 인해 혼란에 빠졌음을 알게 되었다. 정말로 이 폰트는 전 세계에서 쓰이고 있었다. 파리의 카페, 샌디에이고의 피자 가게, 힌두교 사원에 비치된 코끼리에 관한 책, LA의 멕시코 음식점 여섯 군데, 산타모니카의 이발소, 할리우드의 태국 음식점, 뉴욕의 세탁

소, 플로리다의 핫 소스 브랜드, 아주 상세한 삽화가 실린 '인간 해부학 컬러링 북', 어떤 향 브랜드, 버라이즌 광고에 나온 어떤 축제 이름까지. 우리는 다비다 폰트를 찾아 다녔고, 다비다 찾기는 우리 커플의 게임이 되었다. 우리는 모든 곳에서 다비다를 발견했다.

물론 그녀와 헤어진 뒤에도 나는 모든 곳에서 다비다를 본다. 로스앤젤레스에서 다비다 폰트로 된 간판을 볼 수 있는 길을 전부 안다. 다비다 폰트를 보지 않으려면 언제 왼쪽으로 고개를 돌려야 하는지도 안다. 나는 다비다 폰트 수집을 멈추지 않았다. 언젠가 우리가 다시 만나리라 바라기 때문이기도 하고, 다비다라는 폰트에 매혹되었기 때문이기도 하다. 다비다는 무척이나 혼란스러우면서도, 사람들을 하나로 맺어주는 속성을 지녔다…. 마치 사랑처럼.

남겨진 사람과 남겨진 물건

램프: *Lady lamp*

2010년 7월-2012년 9월

캐나다 유콘주 화이트호스

우리는 차에 실을 수 있는 건 전부 싣고 함께 동부로 가서 몇 년을 살았다. 이 램프는 차에 들어가지 않아서 다른 물건들과 함께 창고에 남겨두었다. 사실 이 램프는 내 것이 아니었지만, 결국 내 것이 되었다. 돌아온 사람은 나 혼자였기에.

프루스트의 소설 세 권: *3-volume Proust*

1983년-2011년

영국 런던

읽지 못한 결말

낡아 해지고 모래가 묻은 이 책들은 최근에 끝난 길었던 사랑의 상징이다. 결혼하고 얼마 지나지 않아, 우리는 프루스트의 책에 중독되었다. 특히 휴가를 가면 나는 그녀에게 그의 소설을 소리 내어 읽어주곤 했다. 이 소설의 많은 부분을 알가르베의 타비라섬에서 보낸 몇 번의 여름 동안 읽었다. 우리는 인적 드문 백사장으로 걸어 나가 부목과 대나무, 실크 사롱으로 은신처를 만들고선 대서양의 둔탁한 파도 소리를 배경음 삼아 마치 최면을 거는 듯한 이 산문에 빠져들곤 했다.

나는 아직도 이것이 프루스트를 즐기는 최고의 방법이라고 생각한다. 화자의 머릿속으로 들어가 그의 강박이 어떻게 스스로를 옭아매는지 느끼고, 이 소설의 배꼽 잡도록 우스운 희극을 이해하는 것. 실용적인 방법과는 거리가 멀고, 소설을 끝까지 읽는 데 족히 십 년은 걸릴 테지만!

괴짜 같아 보일지도 모르겠으나, 우린 그러한 방식으로 점차 책을 읽어나갔다. 어떤 여름엔 우리와 프루스트 셋이 동거를 하는 것처럼 느껴지기도 했다. 사랑이라는 주제에 대해 능수능란하게 열변을 토하지만 섹스에는 참여하지 않는, 재미있는 신경증 환자 프루스트와 우리 두 사람의 동거.

프루스트와 달리 우리가 결말에 도달하지 못했다는 사실은 어쩌면 상징적이다. 우리가 읽지 못한 마지막 권의 200쪽가량은 짐 무게를 줄이기 위해 뜯어서 봉투에 담았다.

세계 일주는 꼭 하고 싶었어

허니 버니: *Honey bunny*
1999년-2003년
크로아티아 자그레브

이 토끼 인형에게 세계 일주를 시켜주자고 했지만, 토끼는 이란까지밖에 가지 못했다.

이 사진은 포토숍 합성이 아니라 테헤란 근처 사막에 간 토끼의 실제 사진이다.

1942년 셀락 레코드: *Shellac record, 1942*

1940년대

독일 쾰른

첫사랑에게 선물한 목소리

아버지는 오페라 가수를 꿈꿨다. 열다섯 살에 이미 발성 훈련을 하고 가창 수업을 받기 시작했다. 1942년에 열여덟 살이었던 그는 슈베르트의 가곡 「아델라이데(Adelaide)」를 레코드에 녹음해서 첫사랑이자 첫 연인이었던 여자에게 선물했다. 얼마 후 아버지는 전쟁에 나갔다가 중상을 입었다. 포탄 파편이 목을 관통해서 성대가 손상되었다. 다행히 영국군에 포로로 잡혀 치료를 받을 수 있었다.

그러나 아버지의 목소리는 되돌릴 길 없이 망가졌다. 가수가 되겠다는 꿈은 그렇게 스러졌다. 게다가 전쟁에서 돌아와보니 여자친구가 다른 남자를 만나고 있었다.

아버지는 어머니를 만났고, 사랑에 빠졌고, 결혼했다. 부모님은 세 자녀를 얻었고 아버지가 돌아가시기 전까지 행복하게 살았다. 아버지의 첫 연인이었던 여자가 세상을 떠나자 그녀의 아들들이 내게 그녀가 평생 간직해온 이 레코드를 전해주었다.

골키퍼 장갑: *Goalkeeper gloves*

2007년

크로아티아 자그레브

골키퍼와 공격수

우리는 레즈비언 축구팀의 선수였다. 그녀는 공격수, 인생 처음으로 축구를 해보는 나는 골키퍼였다. 귀여운 금발의 말괄량이였던 그녀는 나를 좋아하는 티를 냈다. 평소 같으면 손쉽게 득점을 했을 그녀가 내 앞에만 오면 허둥지둥했다. 내 근처에만 오면 공을, 다리를, 시선을 어찌해야 할지 모르는 것 같았다. 재미있었다. 그녀가 나를 좋아한다니.

어느 날 훈련 중, 그녀가 내게 낡은 장갑을 주었다. 이 장갑은 내게 일종의 성스러운 물건이 되었고, 나는 주기적으로 훈련에 나오기 시작했다. 거기서 멈췄더라면 좋았으련만. 문제는 우리 둘 다 이미 애인이 있다는 것이었다. 사실 그녀의 여자친구는 같은 축구팀에서 포워드 포지션을 맡고 있었다. 나는 여러 번 그녀가 찬 공에 머리를 맞았는데, 그래도 싸다고 생각한다.

우리는 모두 상처받았고 행복한 사람은 없었다. 말하자면 일대 영으로 진 상황이었다. 금발의 그녀와 나는 길을 잃었고, 어쩌면 너무 멀리까지 갔다.

기도용 매트: *Prayer mat*

2009년-2011년

네덜란드 암스테르담

기도하는 남자

F는 이스탄불에서 암스테르담으로 향하는 터키항공 비행기에서 내 인생으로 날아들어왔다. 무슬림이었던 그는 우리가 처음 저녁을 같이 먹던 날, 자신은 이미 식사를 든든히 했노라고 강조했다. 그날 밤 우리는 그가 가져온 와인을 마셨다. 다음 날 아침, 그에게 기도를 하고 싶으냐고 묻자 그는 놀란 표정을 지을 뿐 대답하지 않았다. 몇 달 뒤 나는 집 구석에 기도용 매트를 깔고 앉아 있는 그의 모습을 목격했다. 그날 이후 그의 기도용 매트는 그의 슬리퍼와 함께 내 거실의 한구석에 자리 잡았다. 그게 우리 사이에 더 큰 신뢰가 싹텄다는 뜻일까, 아니면 그가 불가지론자인 내 앞에서 종교적 의식에 대한 필요성을 더 강하게 느낀 걸까? 아니면 단지 반짝이는 금빛 기도용 매트를 이용해, 내 인생에서 자신의 존재감을 강조하고 싶었던 걸까?

그가 '좋은 친구'로서 우리 집을 방문한 마지막 날, 그는 신발을 벗고 평소 슬리퍼를 두던 자리로 갔다. "버렸어?" 그가 물었다. 물론 아니었다. 나는 슬리퍼와 기도용 매트를 다락방 찬장에 보관해두었다. "찾기 쉬울 거야." 나는 위를 가리키며 말했다. 그는 굳이 그것들을 찾지 않았다.

스틸레토 한 짝: *Stiletto shoe*

1959년, 1966년(6주), 1998년(몇 시간)

네덜란드 암스테르담

구두 한 짝과 작별 인사

1959년. 나는 열 살, T는 열한 살이었다. 우리는 깊은 사랑에 빠져 있었다. 그와 운하에서 알몸으로 헤엄쳤다고 말하자 어머니는 내 뺨을 올려붙이며 남은 방학은 이모와 보내라는 명령을 내렸다.

열다섯 살이 되던 1966년에 우리는 함께 멋진 시간을 보냈다. 하지만 그가 부모님과 함께 독일로 이사하면서 그 시간도 끝이 났다. 이별하는 날 우리는 많은 눈물을 흘리고 많은 약속을 했다. 매주 편지를 쓰고, 다른 사람과는 결혼하지 않겠다고.

1998년. 나는 막 매춘업에서 발을 뺀 참이었으나 S&M에 대한 책을 쓸 목적으로 몇 주 동안 도미나트릭스(성적인 관계에서 타인을 지배하는 성향의 여자) 아래서 일하고 있었다. 둘째 날 그녀는 내게 손님을 받으라고 했다. 나는 손님을 멸시하며 채찍질해야 했다. 나는 그에게 내 스틸레토 구두를 핥으라고 시켰다. 그는 순순히 복종하지 않았고, 배짱 있게도 나를 감히 ('여왕님'이 아닌) '주인님'이라고 불렀다.

그를 좀 더 세게 채찍질하려던 순간, 나는 그의 얼굴을 알아봤다.

"혹시 T, 너니?"

그는 깜짝 놀라서 일어났다. 한순간에 1966년으로 돌아간 기분이었다. 그는 어렸을 적 아버지에게 종종 매질을 당해서 복종하는 역을 맡고 싶은 욕구가 있다고 설명했다.

T는 두 번째 아내와 살고 있었고 이번엔 결혼 생활에 성공하고 싶다고 말했다. 다시 만나지 않는 편이 좋다는 걸 우리 둘 다 잘 알았다. 몇 시간 뒤 작별 인사를 나누던 중 그가 물었다. "기념으로 네 스틸레토 구두 한 짝을 가져도 될까?" 문밖으로 걸어 나가는 그의 뒷모습을 보는 동안, 내 맨발이 꼭 내 것 같지가 않았다.

그와 나의 역할극

바보 모자: *Dunce cap*

2008년-2010년

미국 캘리포니아주 헌팅턴비치

교사와 학생 역할극을 즐기는 야한 남자였던 전 약혼자를 위해 이 모자를 만들었다. 그가 문제를 너무 많이 틀리면, 그에게 이 모자를 쓰고 구석에 서 있으라고 벌을 내렸다. 우리는 운명의 짝이 아니었지만, 나는 아직도 가끔씩 그가 그립다.

민트 사탕 상자: *A box of mints*

2009년 9월-2010년 3월 10일

미국 뉴욕주 뉴욕

소시오패스와의 탱고

붐비는 방 건너편에 서 있던 그녀를 발견했을 때, 그녀는 나를 똑바로 쳐다보며 장난스럽게 손으로 자기 목을 그었다. 당황한 내 표정을 보더니 입 모양으로 "당신은 연쇄살인마야"라고 말했다. 그녀는 제정신이 아니었고, 그만큼 섹시했다. 나는 처음 만난 순간부터 그녀에게 빠져들었다.

1년 뒤 그녀는 경찰에게 체포당해 라이커스 교도소에 구금되었다. 나는 그녀를 면회하러 갔다. 그녀는 출소 후 지하에 있는 내 아파트에서 머무르곤 했다. 거의 일곱 달 동안 간헐적인 동거가 이어졌다.

나는 "너도 알다시피 우린 함께할 수 없어" 따위의 말을 했지만, 사실은 그녀가 반박하길 바랐다. 내 소망은 이루어지지 않았다. 내가 모르는 사이 그녀는 우리가 함께 일하는 다른 남자와 자고 있었다. 나와 그녀가 마지막 밤을 보내고 오래 지나지 않아 두 사람은 결혼했다.

나는 그녀에게 너무나 많은 것을 주었지만 그녀는 내게 민트 사탕 상자만을 주었다. 재미있는 건 그녀의 부모님이 독실한 기독교인이고 나의 아버지는 침례교 목사라는 사실이다. "우리 정말 못됐다." 우리가 함께 보낸 짧은 시기의 언젠가 그녀가 자랑스럽게 말했다.

그녀는 이제 누군가의 아내가 아니다. 저번 결혼은 1년 만에 끝났다. 우리는 여전히 연락을 하고 지낸다. 물론 먼저 연락하는 쪽은 언제나 나다. "나 안 보고 싶어? 난 항상 네가 보고 싶어." 한 달 전쯤 취해서 문자 메시지를 보냈다. 답장은 아직까지 없다. 늘 이렇다.

그럼에도 나는 그녀와의 추억을 소중히 간직하고 있다. 소시오패스와 처음 춘 진정한 탱고였으니까.

그 춤에는 내가 배워야 할 것이 너무 많았다.

그녀가 감춰왔던 진실

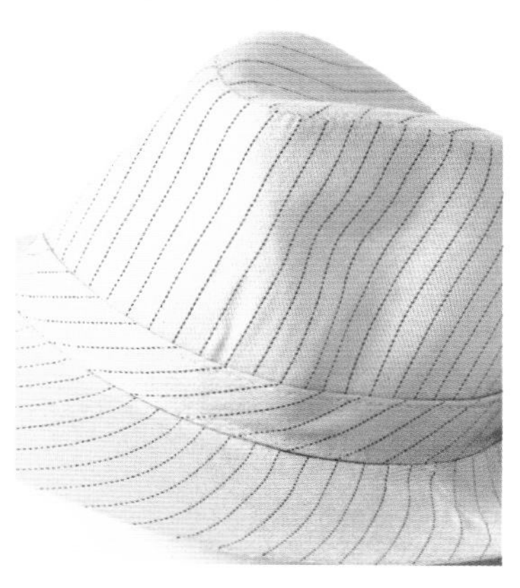

남자친구 모자: *Boyfriend hat*

2000년

남아프리카 케이프타운

그녀는 항상 이 모자를 '남자친구 모자'라고 불렀고, 이 모자가 남자 모자처럼 생겼지만 자신에게 잘 어울려서 좋다고 말했다. 2주 전에야 나는 이 모자가 정말로 그녀의 남자친구의 모자고 그녀가 아직도 그와 자고 있다는 걸 알게 되었다.

진저브레드 쿠키*: *Gingerbread cookie*

1일

미국 일리노이주 시카고

별 볼 일 없는 남자

우리는 옥토버페스트에서 만났다. 나는 미국인 외교관이었고, 그는 런던 금융계에서 일하는 리버풀 출신의 남자였다. 서로 말이 잘 통한다고 느낀 우리는 각자 친구들을 놔두고 잠시 단둘이 어울렸다. 비어가르텐 텐트를 나서자마자 우리는 아이들처럼 웃고 드라이브를 하고 춤추고 노래를 불렀다. 나는 장거리 연애를 시작하고 싶지 않았지만, 그의 열렬한 설득에 그에게 연락처를 주었다. 며칠 뒤 나는 이런 문자 메시지를 받았다.

"스테파니, 멋진 여자인 네게 이런 말을 하기가 어렵군. 하지만 '친구'가 되기로 한 거, 그만두면 안 될까? 내겐 두 아이가 있고, 지금 약간 힘든 시간을 보내고 있긴 하지만 사실 마음속 깊은 곳에서 아내를 사랑하고, 결혼 생활을 유지하고 싶어. 외모가 출중한 미혼 '친구'를 사귀는 건 혼란만 더할 것 같아. 우리가 함께 보낸 멋진 시간에 깊이 감사해. 언제까지나 널 기억할게. 부디 전화하거나 문자 메시지를 보내진 말아줘. 문제가 생길까 겁나. 멋진 삶을 기원할게. (리버풀 남자) P."

* 옥토버페스트에서는 전통적으로 설탕 시럽으로 장식된 진저브레드 쿠키를 판다.

브라질 《플레이보이》: *Brazilian "Playboy" collection*

2010년 8월-2012년 10월

브라질 상파울루

옷장 속 야한 잡지

몇 달을 사귄 뒤 우리는 동거하기로 했다. 상파울루에서 아파트를 찾는다는 건 고문에 가까웠지만, 다행히 같이 살 만한 곳을 찾아 이사했다.

우리는 잠깐 동안 행복했다. 나는 그와 함께 있는 게 좋았고, 혼자가 아닌 게 좋았다. 하지만 몇 달이 흐르자 그는 내게서 거리를 두기 시작했다. 결국 우리는 헤어지기로 했다. 그에겐 이별 후 머물 곳이 없어서 우리는 연인이 아닌 채로 한동안 동거를 이어나갔다. 그와 그렇게 가까이 (그러나 동시에 멀리) 사는 건 고통스러웠지만 그게 내가 천천히 그와의 연을 끊어내는 방식이었다.

하지만 나는 그에게 너무 친절하고 싶었던 나머지, 좋지 않은 선택을 내리고 말았다. 그가 마침내 다른 곳으로 이사하게 되었을 때, 그가 모은《플레이보이》묶음을 얼마간 내 옷장에 보관해주기로 한 것이다. 잡지 자체에는 악감정이 없지만 요즘 세상에 돈 내고 포르노를 보는 사람이 있다는 게 당황스럽긴 하다. 인터넷 쓸 줄 모르나?

이제 옷장이 비좁게 느껴져서 공간을 비우고 싶다. 나는 그에게 잡지 뭉치를 가져가지 않으면 재활용 쓰레기로 내다 버리겠다고 말했다. 방금 그가 약속한 기한이 지났으므로, 이별의 박물관에 이《플레이보이》묶음을 보낸다. 누드 사진 몇 장 때문에 남자가 얼마나 멍청해질 수 있는지 느껴보시길.

나를 네 고양이라고 불러줘

고양이 목걸이: *Cat collar and a tag*

2년 반

싱가포르

내가 초커처럼 착용했던 고양이 목걸이. 인식표에는 내가 전 남자친구의 소유라는 상징으로 그의 전화번호를 새겼다. 나는 고양이를 사랑한다. 내가 사랑하는 사람들은 언제나 나를 고양이라고 불렀다.

마리아 모양 성수 병: *Holy water bottle shaped as the Virgin Mary*

1988년 (2개월)

네덜란드 암스테르담

그가 나를 사랑할 확률

1988년 여름 나는 암스테르담에서 짧은 연애 상대를 만났다. 페루 사람인 그는 유럽 기차 여행 중 암스테르담을 경유하고 있었다. 우리는 부다 디스코에서 처음 만났고 길거리에서 우연히 다시 마주쳤다. 얼마 지나지 않아 그는 나를 자기 숙소로 데려갔다.

함께 지낸 지 두 달이 되던 어느 날, 갑자기 그가 사라졌다. 그는 작별 쪽지 한 장과, 새로운 사랑을 만날 희망을 품고 페루에서 특별히 가져왔다는 이 작은 성수 병 하나만을 남겼다. 하지만 그는 내가 이전에 그의 가방을 열어본 적 있다는 사실을 몰랐다. 커다란 비닐봉지에 수많은 병들이 그득 들어 있었다. 나는 그를 다시는 보지 못했다.

부러진 열쇠: *Broken Hello Kitty key*

2013년 3월-2016년 12월

미국 캘리포니아주 베이커스필드

자유를 여는 열쇠

나는 스물한 살이 된 직후에 시내의 바에서 그를 만났다. 그는 나보다 열다섯 살 연상이었다. 6개월의 연애 끝에, 나는 그의 집으로 들어갔다. 월세를 내는 사람은 나였는데도 그는 그게 자기 집이라고 말하곤 했다. 마지막으로 싸웠을 때, 그는 내 핸드백을 열고 열쇠를 꺼내더니 반으로 부러뜨렸다. 자신이 문을 열어주지 않으면 나는 들어올 수 없다는 뜻을 전하는 효과적인 방법이었다.

그날부터 나는 이사를 계획했고, 그와 헤어질 방법도 고민했다. 이 열쇠는 어떤 문도 열지 못하지만 '내 자유를 여는 열쇠'가 되었다.

하트 모양 메달 장식: *Decorative medal*

2011년 7월-2014년 4월

미국 매사추세츠주 보스턴

깔끔한 이별의 대가

남자친구와 나는 다자간연애를 하고 있었고 아주 행복했다. 그가 몸과 마음이 모두 건강하지 못한 어떤 여자와 데이트를 시작하고, 그녀가 의지할 수 있는 유일한 사람이 되기 전까지는 그랬다. 그가 우리의 관계에 쏟던 노력은 전부 그녀에게로 향했고, 내가 그 사실을 지적하자 그는 화를 냈다. 우리의 관계가 위태로웠음에도 그는 직업상의 이유로 나라 반대쪽으로 이사를 결심했다. 그는 나와 그녀 둘 다 자신을 따라오길 바랐다. 나는 망설였다. 그녀가 이미 (그와 사귄 지 석 달밖에 되지 않았는데도) 그러겠노라고 답했기에 더 꺼려졌다. 불안정한 관계를 위해 내 인생 전체를 뿌리 뽑고 싶지는 않았다. 그는 내 망설임을 무척 불쾌하게 받아들였고, 결국 우리는 크게 싸운 후 헤어졌다. 그가 떠나기 몇 주 전, 함께 점심을 먹었다. 이 메달은 그때 그들이 내게 "멋진 사람이 되어줘서 고맙다"며 선물한 것이다. 관계를 더 힘들게 만들 수도 있었는데 그러지 않은 대가로 상을 받은 것이다. 나는 속상하고 기분이 나빠서 이 메달을 포장지에서 꺼내보지도 않았다. 나는 이걸 갖고 살 수 없다. 연애의 막바지에 그와 내가 세상을 보는 방식이 달라졌다는 걸 자꾸 떠올리게 만드니까.

바다거북 목걸이: *Sea turtle pendant*

2012년 11월 17일-2014년 12월 29일

미국 캘리포니아주 버클리

"하와이에서 네게 줄 걸 사왔어." 그가 말했다. 그는 하와이 힐로에 사는 아내를 만나고 돌아오는 길이었다. 그가 내게 건네준 선물은 까만 줄에 매달린 바다거북 펜던트였다.

"마음에 들어. 이런 건 처음 봤어." 내가 말했다.

"네가 좋아할 줄 알았어. 우리 집 근처 작은 가게에서 산 거야. 그 가게는 겉보기엔 허름하지만 안에는 흥미로운 물건이 가득해." 그가 말했다.

추수감사절을 며칠 앞두고 그의 집에서 디너파티가 열렸다. 내가 도착하자 그의 또 다른 여자친구가 문을 열어주었다.

"들어와요." 그녀가 말했다.

"목걸이가 예쁘네요. 사실, 저도 똑같은 걸 갖고 있어요." 내가 말했다.

그녀는 목에 두른 바다거북 펜던트를 만지작거리며 웃었다. "그렇네요. 두 여자친구에게 같은 선물을 사주다니, 시간이 얼마나 절약됐겠어요." 그녀는 즐거워했다. 그녀는 내가 절대 할 수 없을 방식으로 그를 사랑하고 있었다. 목걸이는 대량 생산이 가능하지만, 인간의 심장은 하나하나가 고유하다.

글자가 인쇄된 종이: *Typed in large letters on paper*

2004년 4월-2013년 11월

미국 뉴욕주 뉴욕

Jill, I Love You

그를 만난 건 내가 결혼한 뒤였다. 나는 그와 9년을 사귀었다. 그는 조울증을 앓는 배우였는데, 처음 만나고 반년이 지났을 때 그에게 심각한 조증이 발병했다. 나는 뉴욕을 떠나 그가 입원한 그리스의 정신병원으로 향했다. 이어지는 여섯 달 동안 함께하며 그의 회복을 지켜보았고, 그가 적절한 치료를 받도록 도왔다. 그는 그 뒤로 쭉 잘 지냈다.

이후 7년 동안 생계를 책임진 사람은 나였다. 그는 드문드문 오디션을 보고, 자질구레한 일을 해서 내가 그에게 사준 차의 기름 값도 나오지 않는 돈을 벌었다. 나는 그에게 식당 종업원으로 취직해보라고 했다. 그 덕에 그는 집에만 틀어박힌 생활에서 벗어나 자신감을 얻었고, 돈도 조금 벌어서 생계에 보탬이 될 수 있었다.

그러다 그는 어느 성공한 감독과 함께 프로그램을 찍게 되었다. 그와 감독, 그리고 그들의 관계를 다룬 그 프로그램은 방송사에 팔렸고, 그는 마침내 TV에 나오는 사람이 되었다. 나는 나 역시 정말 하고 싶은 일을 할 기회를 잡을 수 있도록 그에게 도와달라고 했다. 그러자 그는 불안한 기색을 보였고 나는 화가 났다. 우리는 사흘 동안 대화를 하지 않았다. 마지막

날 그가 집에 오더니 이사하겠다고 말했다.

그는 나와 아홉 살, 열 살 먹은 개 두 마리를 버렸다. 내겐 돈도 집도 남지 않았다.

그가 내게 마지막으로 남긴 말은 이랬다. "이 관계에는 두 사람이 막연한 무언가를 좇기에 충분한 공간이 없어."

맞지 않는 신발을 신은 기분

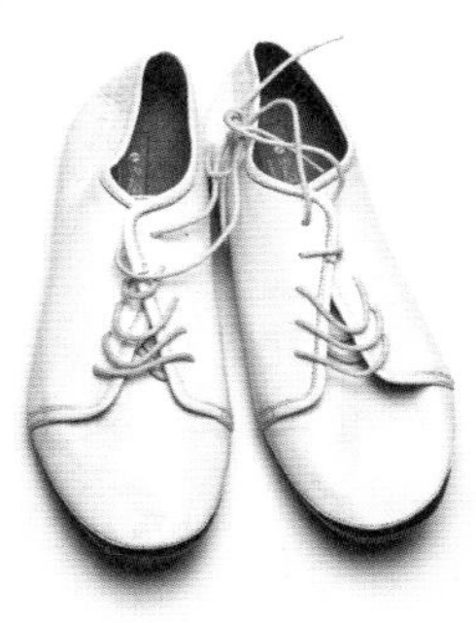

흰색 구두: *White dress shoes*

기간 미상

미국 인디애나주 블루밍턴

그녀는 내게 자신의 패션 감각을 강요했다. 나는 이 흰색 정장 구두가 싫었다. 이 구두가 속한 문화에 나는 좀처럼 익숙해지지 않았다. 이제는 그녀를 만족시키기 위해 이 구두를 신지 않아도 된다는 게 기쁠 따름이다.

일기장: *"This Diary Will Change your Life, 2005"*

2005년 1월-7월(6개월), 그 후로 드문드문 관계가 이어진 7년

영국 브라이턴

어리고 멍청했던 사랑

그는 스물한 살, 나는 열여덟 살이었다. 로미오와 줄리엣 같은 실패한 관계였다. 그는 로버트 스미스처럼 머리를 올백으로 넘겼고, 지금보다 말랐던 나는 짧은 치마를 입고 높이 올라오는 양말을 신었다. 그는 마치 하늘에서 뚝 떨어진 사람 같았다. 빈민가 출신의 소녀에게 그는 예술과 영화를 탐험할 수 있도록 수많은 문을 열어주었다. 그중 제일 소중한 건 성적인 모험이었다. 그는 여자친구가 있다는 사실은 속이지 않았으나 그녀에 대한 감정은 속였다. 어리고 멍청했던 나는 그를 믿었다. 내가 이별의 박물관에 보내는 이 일기장에 조금의 책임이 있다. 반년 동안 내가 영원히 간직해야겠다고 생각한, 소중한 기차표와 공연 티켓 등이 보관된 이 일기장. 우리는 '실험 파트너'이자 그 이상이었다. 우리 관계가 파탄나고 여섯 달 뒤, 나는 새 애인과 함께 찾은 영화관에서 그를 마주쳤다. 그 뒤로 우리는 지금까지 드문드문 관계를 유지해왔다.

이 일기장을 보내는 이유는 7년 동안 그에게 놀아났는데도 여전히 그의 목소리에 매여 있다는 사실에 질렸기 때문이다. 나는 내 인생을 차선책이 아니라 진정한 사랑에 걸어보고 싶다. 이건 슬픈 결말이 아니라 희망찬 시작이다.

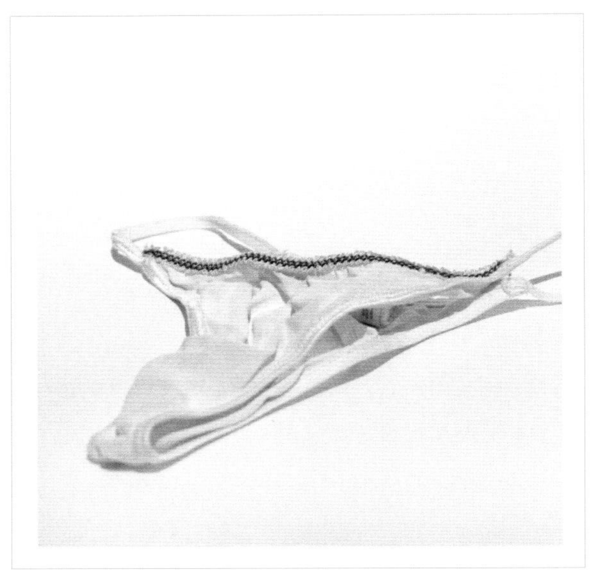

꽃 자수가 놓인 흰 속옷: *White underwear with embroidered flowers*

2004년 1월-2004년 2월

미국 펜실베이니아주 필라델피아

내가 시니컬한 사람이 된 이유

중학생 때 남자친구가 섹스를 하자고 졸라댔다. 내가 거절하자 그는 다른 여자를 만났다. 우리는 헤어졌다. 아직 열네 살이었던 나는 이별의 아픔을 극복하지 못한 채 Y를 만났다. 그는 열여덟 살의 잘생긴 남자였다. 처음 만난 날 그는 상점가에서 내게 열렬한 키스를 퍼부었다. 그에게 선택받다니, 믿기지 않았다.

며칠 뒤 슈퍼볼이 열리는 일요일, 나는 전과 같은 실수를 하지 않겠다는 결의에 차서 그와 첫 경험을 했다. 그때 나는 이 속옷을 입고 있었다. 그는 내가 아주 처녀답고 순수해 보여서 흥분이 된다고 말했다.

우리의 관계는 시작이 그러했던 것처럼 빠르게 깨졌다. 그에게는 임신한 여자친구가 있었던 것이다. 몇 주 뒤 고등학교에서 성병 검사를 받았다. 결과를 보니, 클라미디아 균에 감염되어 있었다. 나는 보건 선생님에게 안겨 두 시간 동안 울고, 아무에게도 이 사실을 말하지 않았다. 이 속옷을 그토록 오랜 세월 동안 서랍 속에 숨겨둔 것은 내가 시니컬한 사람이 된 이유를 기억하기 위해서다.

권투 장갑 펜던트: *Gold boxing glove pendent*

1995년-2014년

영국 미들즈브러

당신 없이 한 걸음씩

처음 만났을 때 우리는 학생이었다. 우리는 밤을 새고 새벽까지 대화를 나누었다. 우리 둘 다 각자의 상처를 품고 있었고, 서로 아픔을 극복하도록 도왔다.

이것은 당신이 내게 준 첫 생일 선물이었다. "매튜, 스물두 번째 생일을 축하해." 권투는 열한 살 때부터 내 열정이었기에 완벽한 선물이었다.

시간을 빨리 돌려 2014년. 나는 마흔을 앞두고 있다. 결혼을 했고, 아름다운 자녀를 둘 두었고, 좋은 일도 나쁜 일도 겪었다. 서로 다른 선택을 하면서 우리는 조금씩 멀어졌다. 많이 슬펐고 상처도 받았지만, 후회는 없다. 당신이 없었다면 나는 런던으로 이사하지 않았을 테고, 지금 같은 커리어를 쌓을 수도 없었을 거다. 지금 나는 권투 업계에서 열정을 다해 일한다. 고맙다. 당신은 내 인생에 밝은 두 빛을 주었다. 나는 당신 없이 한 걸음씩 나아가고 있다. 당신이 그런 것처럼. 우리 사이에 있었던 감정은 특별했다. 마음 아프게도 이젠 한때 우리가 지녔던 그 감정을 떠나보내야 한다. 당신이 찾고 있는 것을 발견하길 진심으로 소망한다. 당신에겐 목표를 이룰 자격이 있다. 그보다 못한 것에 안주하지 말길. 마음을 따르길. 행복해지길.

I love you more
than anyone

쪽지 : *Beauty*

362일

아이슬란드 레이캬비크

유일하게 남은 단어들

나는 우연히 한 소녀를 만났지.
그녀는 내 머릿속으로 기어들어 와
가구를 재배치하고
자기 책과 고양이를 데리고 오더니
거기 자리를 잡더군.
그녀는 아직도 내 마음에,
내 음악과 책 속에 머물러 있어.
나는 몇 권이나 되는 공책을 채웠지.
형편없는 시와 러브레터로
끝내지 못한 소설로 페이지를 까맣게 칠했어….
그녀가 내게 써준 단어들은 이것뿐이야.

엽서: *Postcard*

1919년(1개월)

독일 하이델베르크, 미국

가을에 온 엽서

1919년에 우리 증조할머니는 아름다운 아가씨였다. 당시 그녀의 삶은 마치 성대한 파티 같아서, 그녀는 매달 새로운 젊은 남자를 만났다. 하지만 그녀에게 중요한 사람은 둘뿐이었다. 그녀의 아버지와 독일인 연인.

그녀는 하이델베르크에서 마음을 빼앗겼다. 그들은 한 달을 함께 보냈다. 하루는 성에서 지는 해를 바라보았다. 그는 그녀를 따라 미국에 가지 못했다. 돈이 없었고, 그녀의 부모님은 그를 좋아하지 않았다. 하지만 그는 가을마다 그녀에게 엽서를 보냈다.

이것은 독일인 연인에게서 온 마지막 엽서다. 우리는 그가 제2차세계대전 중에 사망했다고 믿는다.

낡은 빨간색 경주용 자전거: *Very old red racing bike*

16년

벨기에 에테르베크

속 편한 싱글

그는 자전거를 남겨두었다. 나를 위해. 당장 주저앉아도 놀랍지 않을 경주용 자전거였다. 그는 새 자전거를 샀고, '새 삶'에는 낡은 자전거를 위한 자리가 없었다. 나는 자전거를 살펴보고, 타보고, 자전거용 특수 신발을 사고, 우울을 몰아내기 위해 파요텐란트를 일주했다.

지난주에 나는 새 자전거를 샀다. 무슨 상관이랴 싶었다. 나처럼 속 편한 싱글에게 저런 고물은 필요 없다고 생각했다.

고무장갑: *Rubber gloves*

4년

대한민국 서울

드디어, 자유

나는 결혼하자마자 해외로 나갔다. 한국에 돌아왔을 땐 집을 알아볼 여유가 없었고, 우리 부부는 금전적 이유로 시가에 들어갔다. 첫날부터 나는 집안일의 감옥에 갇혔다. 시어머니와 시아버지에게 아침, 점심, 저녁을 차려드리려면 온종일 부엌에 붙박여 있어야 했다. 친구를 만나러 외출했다가도 마음이 불편하고 죄스러워서 일찍 귀가했다. 나의 삶은 점차 사라져 갔다. 가사노동을 위해 만들어진 기계가 된 기분이었다. 드디어 시집살이를 마치는 오늘, 나는 가사노동에서 벗어난다는 상징으로 시댁에서 사용했던 고무장갑을 이곳에 기증한다.

드디어 내 삶을 살 수 있게 되었다.

그때의 우리를 설명할 수 있는 단어는 없다.

본디 그런 것을 위한 단어는 드물기에.

우리는 함께하는 동안 많은 이름을 얻었다.

친구, 연인, 동료, 남편, 아내….

하지만 지금은 무엇도 우리에게 어울리지 않는다.

3부

어느 고백의 결말

Top 10 Reasons to Stay in the UK!
(in no particular order)

1. Alton Towers - is quite good
2. Europe is like 2 mins away, Italy, Portugal, Spain - mmmm.... Food
3. My hair goes really frizzy in the heat
4. I've heard that Australia is going to swept away by wind in a couple of months anyway
5. I can't afford to post your (numerous) love letters to Australia and also I would feel less guilty about my carbon footprint if you were a bit more local
6. Lately, I've been finding lots more money than usual on the streets of London
7. I'll cook for you naked alot
8. If you'd prefer I could keep my clothes on at all times (save embarassment)
9. I think that Australian's music scene has never been the same since Brian McFadden went over there
10. I'm not good enough for you, but I'm sure I must know somebody who is. Bella? She's coming back to LONDON YAY!

종이에 쓴 메모: *List of 10 reasons to stay*

2011년 12월(3주)

영국 런던

떠나면 안 되는 열 가지 이유

12월 초에 그녀를 만났다. 나는 진지한 관계를 원하지 않았고 그녀 또한 마찬가지였다. 그러나 그녀와 만날수록 그녀가 특별한 사람이라는 걸 깨달았다. 그녀는 12월 29일에 오스트레일리아로 돌아갈 예정이었고, 나는 그날이 오지 않기를 바랐다. 그래서 이 목록을 작성했지만, 지금 보니 11번이 빠졌다.
"이런 감정은 내가 자주 느끼는 게 아니야."

콘크리트 조각: *Concrete with initials*

7년

미국 펜실베이니아주 피츠버그

사라진 너의 이름

그때의 우리를 설명할 수 있는 단어는 없다. 본디 그런 것을 위한 단어는 드물기에. 우리는 함께하는 동안 많은 이름을 얻었다. 친구, 연인, 동료, 남편, 아내…. 하지만 지금은 무엇도 우리에게 어울리지 않는다.

실은 단 한 번도 어울린 적이 없었다. 그는 그였고 나는 나였다. 잠시 동안만, 우리는 우리였다.

그 잠시 동안 우리는 함께 일하던 건물 바깥의 보도를 손봐야 했다. 보도블럭의 상태가 워낙 나빠서 꽤 큰일이었다. 1년 후 인부들이 와서 보도 전체를 갈아엎었을 때는 우리가 이미 헤어진 뒤였다.

우리의 이니셜 "AC + AK"를 새긴 이 콘크리트 조각을 간직하고 싶었다. 그러나 그의 이름이 적힌 부분은 사라졌다.

콘크리트에 새긴 이니셜이란 게 그렇다. 그건 하나의 관념일 뿐이다. 아주 살짝만 건드려도 사라지고 만다.

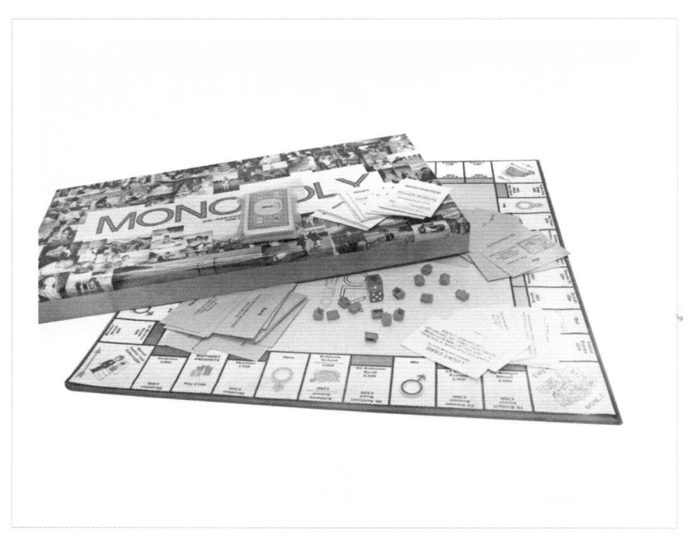

직접 만든 '모노폴리' 게임: *A handmade full Monopoly Set for our 20th Anniversary*

1987년 2월-2013년 6월

영국 럭비

우리만 아는 농담

결혼 20주년을 기념하여 나는 실제 크기의 모노폴리(부동산 투자를 모티브로 한 보드게임의 한 종류) 세트를 직접 만들었다. 몇 주 동안 공들인 작품이었다. 각 칸에는 우리의 인생과 관계에서 중요했던 것들을 채워넣었다. 찬스와 공동 기금 카드에는 우리를 설명하는 재치 있는 말, 우리만 아는 농담을 적었다.

그로부터 18개월이 지나 우리의 결혼은 끝이 났다. 그녀는 이제 나를 사랑하지 않는다며 모노폴리 세트를 나더러 가지라고 했다. 우리는 이 모노폴리 게임을 한 번밖에 하지 않았다. 패자는 나였다.

그렇게 나는 내게 주어진 감옥 탈출 카드를 사용했고, 그 뒤로 출발점을 몇 번이고 지나 빙글빙글 돌고 있다.

타버린 나무: *Burnt piece of wood*

1993년-2000년

벨기에 와테르말-부아포르

지독한 후유증

그녀가 다른 사람 때문에 나를 떠났을 때, 나는 무척 상심했고 점점 더 깊은 우울증에 빠졌다. 우울증으로 죽을 지경이 되자 친구들은 무슨 수를 써야겠다고 판단했다. 우리는 그녀를 떠올리게 하는 것들, 그녀와 공유한 침대, 매트리스, 베개, 책, 그녀의 냄새가 배었을지 모를 수건들, 그녀의 소지품, 심지어 그녀의 사진까지 전부 바깥에 내놓고 불을 붙였다. 모닥불에 불이 붙는 동안 나는 토악질을 했다.

이별의 후유증에서 벗어나는 데 수년이 걸렸다. 나는 그날의 모닥불이 대략 2톤의 이산화탄소를 방출했으리라고 계산하고, 아프리카의 한 젊은이에게 후원금을 보냈다. 그가 운동장 주위에 나무를 심으면 피해가 줄어들 거라고 생각했다. 모든 나쁜 것이, 심지어 연기조차 좋은 것으로 바뀔 수 있다. 젊은이들이 운동을 한 뒤 나무 아래 앉아 우정을 나누고, 사랑에 빠질 거라고 생각하면 기분이 좋아진다.

판도라의 상자: *Pandora's box*

6개월

영국 사우스포트

판도라의 팬티

그리스 신화에서 첫 번째 여자로 등장하는 판도라에게는 상자가 하나 있었다고 한다. 그 상자에는 세상의 모든 악이 들어 있었다. 반면 내 상자에 들어 있는 건 성인 용품 브랜드 앤 서머즈의 팬티 한 장뿐이었다. 하지만 장담하건대, 이 팬티도 악하기로는 그에 뒤지지 않을 것이다!

판도라가 상자를 열었을 때 모든 악이 세상으로 풀려났다고 한다. 내가 풀어준 악은 비이성적인 여자와 이성적인 관계를 유지하려는 시도였다. 판도라의 상자에는 유일하게 희망이 남아 있었다고 한다. 다행스럽게도, 이 상자를 열었을 때 우리에겐 아무런 희망도 없었다. 내가 본 건 판도라의 팬티뿐이었다. 다시는 그 팬티를 보고 싶지 않다.

복권: *Lottery tickets*

63년

스페인 사라고사

우정을 포기한다는 건

네 명의 친구가 있었다. 60년 넘게 가장 가까운 사이로 지낸 친구들. 우리는 모든 걸 공유했고, 모든 걸 함께했다. 생일을 함께 축하했고, 선물을 함께 샀고, 매일 서로 통화했고, 아프면 병문안을 갔다.

그러던 어느 날, 나는 세 친구가 나를 따돌리고 있었다는 걸 알게 되었다. 그들은 나 몰래 셋이서 복권을 사고 있었다. 우리 나라에는 크리스마스에 친구나 가족과 함께 특별한 번호의 복권을 사는 전통이 있다. 세 사람이 큰 금액에 당첨되는 바람에 결국 그들의 비밀은 탄로 나고 말았다. 나는 너무나 슬프고 실망한 나머지 앓아누웠다. 왜 내게 말하지 않았느냐고 묻자 그들은 할 말이 없는지 변명만 늘어놓았다. 그들은 내게 다시 전화하지 않았다. 이보다 더 최악일 수는 없었다. 사람들은 그들이 부끄러워서 그랬을 거라고 말한다. 그럴지도 모르지. 딱 한 친구만 다시 연락을 하고 진심으로 사과했다. 그 친구는 다시 내 인생의 벗으로 돌아왔다. 하지만 다른 둘은, 복권에 당첨되었지만 진정한 친구를 잃었다. 젊었을 때 친구를 잃는 건 힘들지만, 인생 말년에 친구를 잃는 건 더 힘들다.

《뉴요커》: *"New Yorker"*

2007년-2012년

영국 케임브리지

네가 열어준 세계

그녀는 연구 인력을 구한다는 광고를 냈다. '구인: 생각하는 사람.' 나는 누군가의 부름을 받은 느낌이었다. 첫 강의 날, 감히 질문을 던지는 사람은 그녀뿐이었다. 나는 그녀를 바라보았고, 그녀는 몸을 돌려 나에게 눈을 맞췄다. 연한 회색빛 치아를 드러낸 그녀의 미소는 귀엽고 장난스러웠다. 우리는 쓸데없는 대화로 시간을 낭비할 만큼 멍청한 사람들이 아니었다.

첫 데이트 날 그녀는 분홍 스웨터를 입고 부츠에는 진흙을 묻힌 채 나의 작은 집으로 성큼성큼 들어왔다. "어떻게 할까?" 그녀가 물었다. 나는 새로 산 실크 카펫에 부츠를 닦으라고 농담조로 말했고, 그녀는 주저 없이 내 말대로 했다. 그게 그녀였다. 에너지와 재치가 넘치고 결코 사과하지 않는 사람. 우리는 사흘 동안 집을 떠나지 않았다.

온 도시가 그녀를 아는 것 같았다. 그녀는 NGO 설립부터 잡지 편집까지 모든 걸 해냈다. 수상이나 장관과도 아는 사이였다. 우리가 만나고 몇 달 뒤 그녀는 주요 뉴스 에이전시에 데스크 보조로 취직하더니 잠시 뒤엔 책임 프로듀서로 팀을 이끌고 있었다. 내가 전쟁에서 싸우는 동안 그녀는 전쟁을 취재

했다.

나는 해외 대학에서 일자리를 제안받았고, 그녀는 나를 따라 나섰다. 출국하면서 그녀는 많이 울었다. 어머니의 자궁을 떠나는 신생아처럼. 길을 잃은 그녀에게 의지할 사람은 나뿐이었다.

그녀는 나를 새로운 세계로 초대했다. 뉴욕에서 그녀는 내게 박물관과 레스토랑, 그리고 주간지 《뉴요커》를 소개해줬다. 대가로 나는 그녀에게 포옹하는 법을 알려줬다. 그러나 포옹이란 불꽃을 잡는 것과 같아서, 손에 넣는 척만 할 수 있다.

지금 나는 《뉴요커》를 읽고 있다. 델리, 나이로비, 런던 어딘가에서 우리가 믿을 수 없는 정보를 공유하고 있다는 사실을 생각하면 웃음이 난다.

이것이 우리가 함께 본 《뉴요커》 마지막 호다.

이별의 질주

텍사스 번호판: *Texas license plate*

2007년-2010년

미국 캘리포니아주 로스앤젤레스

그를 따라 텍사스로 갔다. 텍사스라니! 미국 중부, 대륙의 한복판으로 간 것이다. 그때까지 나는 바닷가에서만 살았다. 나는 텍사스와 그곳에서 내가 처하게 된 상황을 혐오했다. 결국 어느 날 10번 주간고속도로를 타고 다시 백사장이 나올 때까지 달렸다. 나는 그를 떠났다. 텍사스 번호판을 달고서.

음주측정기: *Breathalyzer tube*

기간 미상

영국 런던

세 개의 불운과 한 개의 행운

브라이턴에서 보낸 저녁은 주차 딱지를 떼이는 것으로 시작됐다. 첫 번째 불운. 그의 눈에 유리 조각이 들어가서 안과에서 몇 시간을 보내야 했다. 두 번째 불운. 다음 날 아침 자동차 사고를 내는 바람에 음주측정기를 불어야 했다. 세 번째 불운.

그러나 그의 눈에 유리 조각이 들어가지 않았더라면 우리는 계속 술을 마셨을 테고, 혈중 알코올 수치가 기준을 초과해서 면허를 잃었을 것이다.

재난 같았던 그 저녁 이전에 우리는 그냥 오랜 친구였지만 곧 그 이상이 되었다. 그러니 수많은 불운에도 그날 저녁은 최고의 저녁이었다. 나는 그날부터 음주측정기를 보관하고 있다.

배꼽 보풀: *Belly button lint*

2013년 11월–2015년 4월

캐나다 퀘벡주 몬트리올

사랑이 지나간 후에

D의 배에는 기묘한 형태로 털이 나 있어서, 배꼽에 보풀이 잘 모였다. 그는 때때로 보풀을 떼어내 섹스 후 땀에 젖은 내 몸에 붙이곤 했다. 어느 날 그 행동이 오르가즘의 여운을 방해하는 게 짜증이 나서 나 역시 똑같이 맞섰다. 그가 내 몸에 붙인 보풀을 작은 주머니에 담아, 침대 옆 협탁 서랍 속에 넣은 것이다.

우리의 연애는 격렬했다. 그러나 짜릿했던 만큼이나 자주 시들해졌다. 때때로 그가 나를 진짜 사랑하는 게 아니라는 신호를 받았으나 나는 그 경고를 기꺼이 무시했다. 어쨌든 그는 내게 이 보풀을 남겼다.

지포 라이터 : *Jim Beam Zippo lighter*

사귀고 헤어지기를 반복한 1년 반

미국 펜실베이니아주 피츠버그

그리운 담배 냄새

그가 라이터로 담배에 불을 붙이는 걸 처음 봤을 때 나는 그에게 주먹을 날리고 싶었다. 허세 넘치고 촌스러운 그 행동을 본 순간, 나는 가슴을 뚫고 나가 그의 손바닥에 닿길 원하는 내 심장을 진정시키려 애써야 했다. 눈앞에 나만의 딘 마틴(미국의 가수이자 영화배우)이 서 있는 것 같았다. 라이터에서 반사된 햇빛에 눈이 멀 것 같았다. 막 불을 붙인 담배가 그의 입술 사이에 멋들어지게 자리 잡았고, 곧 그가 미소를 지었다. 그는 신경이 곤두서면 주머니 속에서 라이터를 열었다 닫았다 하는 습관이 있었다. 곧 그는 대신 내 손을 잡게 되었다.

그의 가족이 이사를 가면서 우리는 일주일 동안 집을 독점할 수 있었다. 텅 빈 집에서 상자로 우리만의 요새를 쌓고 바닥에 매트리스를 깔고 지낸 주말은 내 인생 최고의 날들이었다. 저녁이면 외식을 하고 좋아하는 바에 가고 서로의 손길에 달아올랐다. 간접흡연 때문인지 아니면 내 몸의 모공 하나하나를 훑어보는 듯한 그의 커피색 눈동자 때문인지 모르겠지만, 그와 시선을 마주할 때면 폐에 구멍이 나서 쪼그라드는 기분이었다.

어김없이 월요일 아침이 왔다. 그는 나를 부드럽게 끌어안고

누운 채 내 머리칼을 쓰다듬었다. 다가오는 숙명을 피하려는 듯이. 계속된 침묵에 귀가 먹을 것 같았다. 내가 들을 수 있었던 건 담배가 타는 소리였는데, 담배가 재떨이에 처박히는 즉시 그와 헤어져야 함을 알고 있는 내겐 시한폭탄 소리처럼 들렸다. 우리는 일어나 옷을 입었다. 이미 많은 대화를 나누었다. 우리에게 남은 건 현실을 직면하고 서로를 바라보는 일뿐이었다. 10초 뒤 우리는 울면서 서로 끌어안고 절박하게 입맞춤을 나누었다. 그는 작별을 고하며 라이터를 열었다 닫았다 하더니, 무릎을 꿇고 내 엉덩이를 더듬었다. 곧 내 바지 뒷주머니에 라이터가 들어왔다. 그는 아무 말도 하지 않았다.

그가 지금 어디 있든 만족스럽고 풍요로운 삶을 살고 있길 바란다. 우리는 다시는 연락하지 않기로 약속했다. 그러면 너무 어려워질 테니까. 나는 흡연자가 아니지만 때로는, 아, 니코틴에 젖은 그 미소가 어찌나 그리운지.

그는 날 사랑하지 않는다

망가진 승마용 채찍: *Broken riding crop*

2015년 12월 15일-2016년 3월 16일

미국 캘리포니아주 로스앤젤레스

나는 정복 성향이고 그는 복종 성향이다. 플레이를 하던 중 채찍이 부러졌다. 이 채찍이 고통받는 내 마음을 상징한다고 생각했다. 그와의 관계를 끝낸 이유는 그를 사랑하게 되었지만 그가 결코 나를 사랑하지 않을 것임을 잘 알았기 때문이다.

만년필 케이스: *Moroccan cedar pen case*

2014년 9월-2015년 7월

미국 버지니아주 알링턴

모로코에서 온 마지막 선물

그가 내게 준 마지막 선물이다.

우리가 헤어지고 일주일 뒤 그는 어머니를 만나러 모로코로 떠났다. 그가 돌아왔을 때 나는 브런치 시간대에 검은 벨벳 티셔츠를 입고 밝은 빨간색 립스틱을 바르고 일하는 중이었다. 나는 바 앞으로 걸어 나와 그에게 인사를 했다. 얼굴이 뜨겁게 붉어지는 걸 느꼈다. 그는 언제나처럼 우수에 젖어 보였다. 그가 모로코 특유의 방식으로 내 양 볼에 입을 맞추자, 갑자기 그가 무척이나 멀게 느껴졌다. 그는 갈색 종이봉투를 열어 안에 든 그릇을 내게 보여줬다. 그는 그것이 내 물건이라고 확신했고, 사실이 아닌 걸 알면서도 나는 봉투를 받았다. 그가 다시 입을 열었다. "모로코에서 널 위해 사온 게 있어." 봉투에 손을 넣어보니 작은 나무 펜 케이스가 있었다. 그는 언제나 내게 글을 쓰라고, 무엇이든 좋으니 그냥 글을 쓰라고 격려하곤 했다. 그러면 나는 행복해졌다. 그는 아직 태어나기 전인 내 예술 작품의 열렬한 팬이었다. 그는 나의 수호성인, 내가 다시 글을 쓰게 만든 사람으로 기억에 새겨질 것이다.

손에 케이스를 쥐어보니 삼나무 목재의 부드러움이 느껴졌다. 슬슬 주문이 밀려서, 음료를 만들러 주방으로 돌아가야 했다. 그에게 고맙다는 말을 했는지 기억나지 않는다. 놀라서 계속 경황이 없었다. 그를 따라 나갈까 고민했다. 고맙다고 말하고 싶었다. 아니면, 네가 밉다고. 금방이라도 눈물이 날 것 같았다. 펜 케이스를 열어보니 안은 텅 비어 있었다. 그가 내게 보여준 애정의 마지막 증표였다.

그는 단지 마지막 인사를 나누고 싶었던 것이었다. 집에 와서 책상 위에 놓인, 내가 제일 좋아하는 형광 빛깔 라미 만년필을 집어 들었다. 나무 케이스를 열고 만년필을 넣어보았다. 만년필은 들어가지 않았다.

천하무적에게 받은 무기

후추 스프레이: *Pepper Spray*

2014년

캐나다 유콘주 화이트호스

그는 내게 나쁜 놈들에게서 스스로를 보호하라며 이 호신 용품을 주었다. 천하무적처럼 보이는 남자에게서 무기를 건네받는 기분이 퍽 짜릿했다. 하지만 이것을 가지고 국경을 넘을 수는 없었다. 그와 헤어지자 나는 다시 작고 약한 소녀로 돌아갔다.

일본도: *Japanese sword*

1999년-2001년

캐나다 브리티시컬럼비아주 밴쿠버

사랑 아니면 죽음

그녀는 나의 진정한 첫사랑이었다. 우리는 모든 걸 함께했고, 여행도 함께했다. 우리의 관계가 차츰 내리막길을 걷던 어느 날, 그녀는 내게 생일 선물로 자신이 일본에서 교사 생활을 할 때 사온 칼을 주었다.

그녀가 내게 준 칼은 사무라이 칼이 아니라 자살할 때 쓰는 할복 칼이었다. 생일이 며칠 지나지 않아 우리는 헤어졌다. 이별을 완전히 극복하고 그녀의 기억을 잊는 데 아주 오랜 시간이 걸렸다.

도끼 : *Ex-axe*

1995년

독일 베를린

너도 나처럼 아파하기를

그녀는 우리 집에서 함께 지낸 첫 여자였다. 몇 달 뒤 나는 미국을 여행할 기회가 있었는데, 그녀는 함께 갈 수 없었다. 공항에서 우리는 눈물 젖은 작별 인사를 나누었다. 그녀는 나 없이 3주를 살 수 없을 거라고 말했다. 내가 돌아오자, 그녀가 말했다. "다른 사람과 사랑에 빠졌어. 그녀를 만난 지 이제 나흘밖에 되지 않았지만, 그녀는 당신이 내게 줄 수 없는 모든 걸 줄 수 있을 것 같아." 나는 그녀를 쫓아냈고, 그녀는 즉시 새 애인과 휴가를 떠났다. 그녀의 가구는 우리 집에 남겨둔 채로. 화를 다스릴 방법을 찾던 나는 이 도끼를 샀다. 잔뜩 열 받은 머리를 진정시키고, 그녀에게 적어도 약간의 상실감을 안겨주고 싶었다. 이별 후 그녀에겐 일말의 상실감도 없는 듯했으니까. 그녀가 휴가를 떠난 14일 동안, 나는 가구들을 하나씩 도끼로 내리쳤다. 부서진 조각이 마치 내 마음처럼 느껴져 치우지 않고 그대로 두었다. 방이 점차 나뭇조각들로 채워져 내 영혼의 풍경을 닮아가자 기분이 한결 나아졌다. 2주 뒤, 그녀가 돌아왔을 때 가구는 나뭇더미 몇 개로 깔끔히 정리되어 있었다. 그녀는 쓰레기를 챙겨, 내 아파트를 영원히 떠났다. 도끼는 심리 치료 도구로 승격되었다.

갈릴레오 온도계: *Galileo thermometer*

뜨거운 6개월 + 상심의 4개월 = 10개월

대만 타이중

6개월짜리 마음

캠퍼스에서 펼쳐진 10대의 풋사랑. 그 순수했던 사랑을 회상해본다.
그때 나는 내가 좋아하게 될 남자가 정확히 어떤 사람인지 아주 구체적으로 상상해보았다. 심지어 나는 그 기준을 리스트로 만들기까지 했다.

1. 큰 키
2. 구릿빛 피부
3. 악기를 다루는 사람
4. 포스트 록을 좋아하는 사람
5. 특히 '익스플로전스 인 더 스카이'의 음악을 좋아하는 사람
6. (희망컨대) 요리를 할 줄 아는 사람

그런데, 정말 그런 남자를 만난 것이다! 그는 나의 모든 기준을 충족시켰다. 심지어 요리마저 잘했다! 운이 좋게도 내가 꿈꾸던 왕자님 역시 나를 좋아하게 되었다. 우리는 정신없이 로맨스에 빠져들었다. 사랑에 빠지면 으레 그러듯 나는 내가 세상에서 가장 큰 행운을 누리고 있다고 생각했다. 이토록 열

정적인 사랑은 딱 6개월 갔다. 어느 날, 나는 모든 기준을 만족시키는 남자가 꼭 사려 깊고 인내심 있는 연인은 아니라는 사실을 깨달았다. 그는 나를 잘 몰랐고, 이해하지 못할 때도 있었다. 그는 내 스무 살 생일 선물로 쭈그러진 종이 상자에 포장된 이 갈릴레오 온도계를 주었다. 누가 이런 걸 애인의 생일 선물로 준단 말인가? 우리는 헤어졌다.
그날 이후 나는 다시는 리스트를 만들지 않았다.

더는 상처받고 싶지 않아

머리카락 한 움큼: *Wisp of hair*

2개월 미만

마케도니아 스코페

아주 짧았지만, 심리적으로 너무나 괴롭고 격렬해서 나를 완전히 돌아버리게 만들었던 관계. 나는 삭발하고 오랫동안 머리카락 없이 살았다. 아무도 나를 사랑하지 않았다…. 그래서 나는 행복했다.

장난감 오토바이: *Toy motorcycle made of wood*

2013년 9월-12월

멕시코 멕시코시티

귀담아듣기

전 여자친구가 내게 이 장난감 오토바이를 주었다. 그녀는 내가 오토바이 타는 걸 끔찍이 싫어했고, 절대 오토바이를 타지 않겠노라 맹세까지 하게 했다. 우리가 사귀고 얼마 되지 않아 나는 사고를 당했다. 다리가 부러져서 깁스를 하고 침대에 누워 있어야 했다.

하루는 병문안을 온 그녀가 내게 이 장난감 오토바이를 주었다. 근사한 선물이라고 생각하고 있는데 그녀가 말했다. "네가 이만한 물건밖엔 관리하지 못하기 때문에 선물하는 거야. 네겐 장난감 여자가 어울려. 넌 절대 나 같은 여자를 다룰 수 없을 거야."

다시는 그녀와 만나거나 연락하고 싶지 않았다. 우리는 그날 이후 한 번도 말을 섞지 않았다.

종이꽃: *Paper flowers*

2013년 12월-2014년 3월

미국 캘리포니아주 로스앤젤레스

모든 게 거짓인 사람

처음 전화로 대화를 나눈 밤 우리는 새벽 세 시까지 수다를 떨었다. 원래 동네 술집에서 당구를 치려고 했지만, 결국 그날 밤 당구는 치지 못했다. 밤새 당신과 대화를 나누었으니까. 술집이 문을 닫고도 꽤 오랜 시간이 흐른 뒤 당신이 말했다. "당신, 멋져." 나 역시 똑같은 생각을 하고 있었다.
후에 나는 당신에게 시를 읽어줬다. 베리먼과 올리버와 커밍스의 시, 내가 전에 쓴 시, 당신을 위해 쓴 시. 때로 당신은 몇 주씩 사라졌고, 그러다가 불현듯 문자 메시지가 도착하곤 했다. "방에 혼자 있어. 어둡고, 당신을 생각해." 그날 밤 우리는 처음 섹스를 했다. 그전이나 후에 내가 해본 어떤 섹스도 그와 같지 않았다. 물론, 당신과의 다른 섹스는 제외하고. 때로 당신은 말을 하는 중간에도 사라지곤 했다. 전화를 걸면 자동 응답기에 녹음된 목소리만 되풀이하여 나왔다. 그 목소리는 당신의 것이 아니었다. 당신의 이름도 들려주지 않았다. 그런 관계가 계속되었다. 당신은 나를 만나길 원치 않고, 나는 당신이 나의 모든 것이라고 확신하는 채로. 당신은 나의 모든 것이었다. 전부는 아니라도, 대부분이었다. 나머지는 내가 채워 넣으면 되었다.

결국 나는 당신이 자꾸 사라지는 데 지쳐 당신이 일하는 박물관으로 찾아가기로 했다. 꽃을 살까 하다가 마음을 고쳐먹었다. 꽃은 덧없다. 그렇다면 종이꽃은 어떨까. 좋은 생각이라고 생각했다. 펜대에 종이를 돌돌 말아 만든 꽃은 단지 보기에만 좋은 게 아니라, 의미도 있었다. 나는 종이에 우리가 공유했던 시들을 적었다. 줄기 하나하나가 당신 한 사람만을 위한 편지였다.

나는 종이 꽃다발을 들고 박물관에 도착했다. 당신을 깜짝 놀라게 할 준비가 되어 있었다. 단칼에 거절당하더라도 놀라지 않으리라. 당신의 대답이 어느 쪽이든, 나는 확답을 얻어야 했다. 무엇을 상대하는지 알아야만 상대할 수 있으니까.

박물관 사람들은 당신이 누군지 모른다고 했다. 사진을 보여줘도 알아보지 못했다. 나는 당신의 이름과 성, 미들네임을 가능한 모든 경우의 수로 조합해보았지만 헛수고였다.

당신에게 전화를 걸었다.

"막 퇴근하려는 참이야." 당신이 말했다.

"어디서? 지금 당신 일터에 와 있는데." 내가 말했다.

당신은 전화를 끊었다.

경로를 벗어났습니다

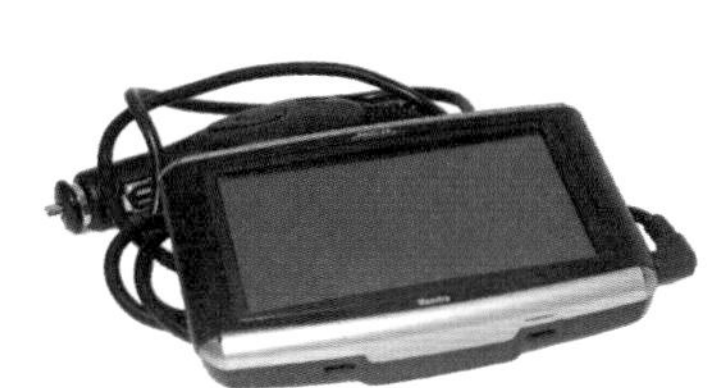

GPS

2004년-2011년

미국 애리조나주 템피

평화유지군에 입대하기 전 그는 내게 차를 한 대 사줬고, 길을 잃지 말라며 자신이 쓰던 GPS를 주었다. 약혼반지 대신이라고 했다. 차는 망가져서 더는 내 소유가 아니고, GPS는 너무 자주 나를 잘못된 장소로 데려갔다. 최근 나는 그가 군에서 사귀던 애인과 결혼한다는 사실을 알게 되었다.

결혼식 가슴 장식: *Wedding favor*

1979년-2015년

미국 매사추세츠주 보스턴

한순간 마음이 떠날 때

나의 온몸 세포 하나하나가 그를 사랑했다. 우리는 친구의 결혼식에서 만났다. 그는 신랑 들러리였고 나는 신부 들러리였다. 여섯 달이 흘러 우리는 보스턴에서 함께 살기 시작했고, 석 달 뒤에는 약혼한 사이가 되었다. 우리는 1980년 10월에 결혼했다. 둘 다 일을 시작한 지 얼마 되지 않아 모아둔 돈은 적었지만 보스턴 외곽에 일층만 완성된 작은 집을 구입할 수 있었다. 우리는 힘을 모아 이층집을 세웠고, 얼마 지나지 않아 소중한 첫 아들을 얻었다. 그다음에는 더 큰 집에서 딸을 얻었다. 25년이 눈 깜짝할 사이에 흘러갔다. 아이들은 성장해서 대학에 진학했다. 그는 좋은 아빠였고, 우리는 국립공원과 디즈니랜드, 해변에서 휴가를 보내곤 했다. 최고의 시절이었다. 그러다 갑자기 눈앞이 깜깜해졌다. 그는 더 이상 나와 친밀한 관계를 원치 않았다. 그는 형과 점점 더 많은 시간을 보냈고, 나와 보내는 시간은 그만큼 줄어들었다. 2년 전, 내가 유방암에 걸리자 그는 마치 내가 흔한 감기에 과민 반응을 한다는 듯이 대수롭지 않게 굴었다. 첫 수술을 받은 다음 날 그는 나를 홀로 소파에 남겨두고 친구들과 총을 쏘러 갔다. "이제 암이 없잖아." 그는 화학요법에 힘들어하는 나를 보고 감정 과

잉이라고 말했다. 치료를 받은 뒤 그는 다시는 내 건강에 대해 묻지 않았다. 나는 완전히 낫겠다고 다짐하고, 그 일을 넘겨버렸다.

마침내 그의 끝없는 총기 사랑 때문에 일이 터졌다. 그가 이혼 전문 변호사 앞에서 총이 나보다 더 중요하다고 말하는 걸 들으며 심장이 후벼 파이는 듯 아팠다. 변호사는 그가 정말 그렇게 말했다는 걸 믿기 어려워했고 그는 그 말을 한 번 더 반복했다. 내게 상처 주려는 의도는 아니었다. 그저 사실을 말한 것뿐이었다. 나는 사흘을 내리 울었다.

이런 결말에 이른 게 정신 질환이나 약물 복용 때문인지, 나는 모른다. 내가 1980년에 결혼한 사람이 그라는 사실을 믿고 싶지 않다. 다른 사람이었다고 믿고 싶다. 나는 2015년의 그가 내 인생에 머무르는 걸 원치 않는다.

낡은 보석함에서 결혼식 날 사용한 이 장식을 발견했다. 그날 내가 얼마나 행복했는지, 내가 그를 오랜 시간 동안 얼마나 사랑했는지 떠올랐다. 나는 나를 사랑해준 1980년의 그를 되찾고 싶다. 하지만 이제 그는 사라지고 없다.

정신 나간 연애

공중전화 수화기: *Pay phone receiver*

2014년 2월-2015년 2월

미국 캘리포니아주 그랜드테라스

나는 마약쟁이와 사랑에 빠졌다. 그의 정신 나간 기행이 매력적으로 느껴졌다. 하루는 그에게서 전선이 매달린 수화기를 선물받았다. 전날 밤 에코 공원 공중전화에서 뜯어낸 수화기라고 했다. 나는 그곳에 없었다.

문구가 적힌 타일: *"Mejor Sola Que Mal Acompañada" tile*

1987년 8월 29일-2004년 12월 4일

미국 텍사스주 휴스턴

네가 떠나서 다행이야

결혼한 지 18년 되던 해 남편이 스물여섯 살 동료와 눈이 맞아 달아났다. 그 일이 있고 얼마 지나지 않아 나는 멕시코 티후아나에 가서 이 타일을 만들었다. 타일에 새긴 문구처럼 “나쁜 일행과 함께하느니 혼자가 낫다”는 사실을 늘 기억하기 위해서였다. 나는 홀로 두 아들을 키웠고 비영리 리더십 석사 학위를 땄다. 지금 이별을 겪은 이들이, 자신의 힘을 되찾고 자아를 확장해나가는 데 집중하기를 격려하는 마음에서 이 타일을 공유한다.

잘게 찢어진 엽서 두 장:

Two old picture postcards of silent-era film stars, torn to pieces

13년

핀란드 헬싱키

차라리 진실을 말해줘

나는 충격에 빠져 바닥에 앉아 있었다. 방금 전에 남편에게 당장 집으로 돌아오라는 메시지를 보냈다. 그가 오랫동안 바람을 피웠고 내게 거짓말을 했다는 사실을 막 깨달은 참이었다. 아니라고 믿을 여지는 없었다.

그가 오기를 기다리던 중, 그의 물건을 뭐든 부숴버리고 싶다는 충동이 들었다. 나는 금전적으로나 감정적으로나 가치 없는 작은 플라스틱 장난감 하나를 골라서, 부엌 가위로 잘게 자르기 시작했다. 얼마 지나지 않아 그가 집에 돌아왔다. 무척 화가 나 보이는 얼굴이었다. 그는 내가 바닥에 앉아 자신의 쓸모없는 플라스틱 장난감을 망가뜨리는 걸 보았다. 내 눈빛을 보고, 내가 진실을 알았음을 눈치챘을 것이다.

그는 화장대 거울로 뚜벅뚜벅 걸어갔다. 나는 여러 해 전에 그 거울에 아주 오래된 흑백 사진 엽서 두 장을 붙여두었다. 포르보의 헌책방에서 산 엽서의 주인공은 미국 무성영화 스타인 바버라 라 마와 존 길버트였다. 단지 아름다워서 산 엽서였는데, 나중에 인터넷에서 두 배우를 검색해보고 그들의 관계도 우리처럼 폭풍 같이 격렬했다는 사실을 알게 되었다. 남편과 나는 종종 이 우연에 웃곤 했다. 그 역시 이 엽서가 무척 아름답다고 생각했다. 하지만 그는 지금 내 눈앞에서 엽서를 갈기갈기 찢고 있다. 자신이 거짓말쟁이라는 걸 들킨 게 그렇게 실망스러웠을까?

나는 그에게 단 한 번도 거짓말을 하지 않았는데.

전하지 못해 위험한 선물

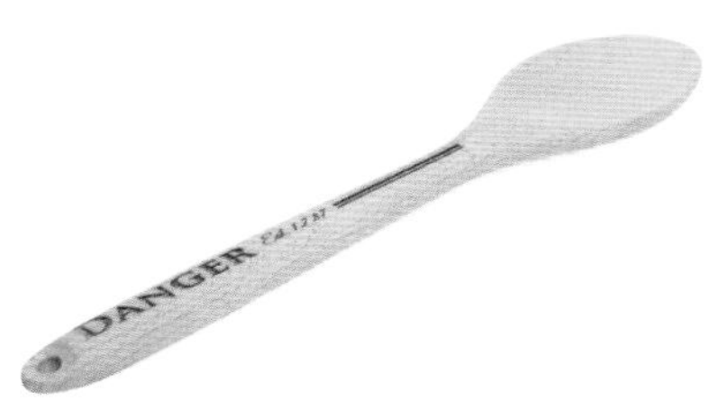

'위험' 스푼: *DANGER Spoon*

2014년 12월-2015년 7월

미국 캘리포니아주 로스앤젤레스

우리가 처음 만난 밤 그는 자기 별명이 '위험'이라고 했다. 그가 나무 스푼으로 요리하는 걸 즐긴다기에, 나는 '위험, 1987년 1월 7일 탄생'이라고 새겨진 왼손잡이용 나무 스푼을 제작 주문했다. 그는 스푼이 배송되기 전에 바람을 피우고 나를 떠났다. 한 번도 사용되지 않은 이 스푼은 여전히 위험하다.

단편 애니메이션 「DUMPED!」: *DUMPED! animated DVD*

1995년 8월 24일-2009년 11월 16일

미국 뉴저지주 저지시티

이별은 사소한 이유에서 온다

뉴저지주에서 동성 결혼을 허용했을 때 그녀와 나는 12년을 함께한 커플이었다. 우리가 사는 도시에서 그 제도를 실제로 이용한 건 우리가 처음(주위를 둘러보건대 우리가 마지막이었을지도 모르겠다)이었다. 우리는 기념식을 열었다. 초대받은 손님들은 모두 눈시울이 촉촉해졌다. 우리도 마침내 당당히 인정받을 수 있게 되어 뿌듯했다. 또 한 번, 인권의 승리였다!

우리가 만나던 마지막 해에 그녀는 TV 드라마 「가이딩 라이트」의 애청자가 되었다. 드라마가 제작 취소 위기에 놓이자, 제작진은 레즈비언 커플 올리비아와 나탈리아를 등장시켰다. '오탈리아'라고 불린 이 커플에게 세계적으로 대략 오천 명의 레즈비언 팬이 열광했다. 팬들은 파티를 열었고, 클럽을 만들었고, 주기적으로 모임을 가졌고, 트위터에서 끊임없이 연락을 주고받았다.

무엇 하나에 미친 듯이 빠져드는 성향이 있는 전 애인은 오탈리아 현상에 온 힘을 다해 빠져들었다. 말할 필요도 없이 그 덕분에 우리의 관계는 틀어지기 시작했다. 결국 그녀는 트위터에서 만난 한 오탈리아 팬과 연애를 시작했고, 한마디 말도 없이 나를 떠났다.

그녀의 행동이 마음 아플 뿐 아니라 모욕적이기까지 했던 건, 우리 어머니가 그때 사경을 헤매고 있었기 때문이다. 그녀는 내가 홀로 그 상황에 맞서도록 내버려두었다. 우리는 법적으로 서로에게 구속되어 있었기에 이혼도 해야 했고, 집도 팔아야 했다. 「DUMPED!」는 14년간 함께한 파트너가 한낱 드라마 때문에 나를 떠났다는 사실을 받아들이고자 애쓰던 시기를 묘사한 작품이다.

건네지 못한 선물

피클 병: *Jar of spicy Amish pickles*

2013년 10월-12월

미국 뉴욕주 뉴욕

이 피클은 내가 처음 사랑한 남자에게 선물하려고 산 것이다. 첫 데이트 날 그는 내게 어릴 적 욕조에서 숙제를 한 이야기를 들려주며 책을 한 권 주었고, 자신이 아미시 피클을 아주 좋아한다고 말했다. 그는 금세 내 문자 메시지에 답장을 하지 않게 되었기에 이 피클을 줄 기회는 영영 오지 않았다.

『젊은 베르테르의 슬픔』: *Book, "The Sorrows of Young Werther"*

1986년

네덜란드 암스테르담

어느 고백의 결말

내 첫사랑 R은 반에서 제일 인기 많은 남자애였다. 나는 그와 눈을 마주치는 건 고사하고, 말을 섞기조차 겁이 났다. 중학교 때 우리는 독일어 수업에서 짝이 되었다. 그에겐 이미 여자친구가 있었다. 학교에서 가슴이 가장 큰 여자애였다. 우리는 읽기 과제로 『젊은 베르테르의 슬픔』 독일어판을 선택했고, 학교 도서관에 책이 몇 권 없어서 한 권을 나눠 읽기로 했다. 괴테의 이 소설을 읽으면서 나는 R에게 사랑을 고백해야겠다고 결심했다. 책의 첫 장에 빨간색으로 몇 개의 문자에 밑줄을 쳐서 비밀 메시지를 전했다. 그가 암호를 풀 수 있을까?

메시지의 내용은 이러했다. "R, 너를 좋아해. 너도 그렇다면 1월 13일에 숲속 호숫가로 나와줘. 기다릴게." 호숫가에서 꽤 오랜 시간을 기다렸다. 그러다가 모터 자전거가 다가오는 소리를 들었다. 그도 나와 같은 감정을 느끼고 있었던 것이다.

몇 달 뒤 R은 바에서 싸움에 휩쓸려 흠씬 얻어맞았다. 나도 그 싸움에 끼어들었다. 내가 그날 입은 부상에서 회복하느라 침상에서 두 달을 보내는 동안 그는 내 제일 친한 친구와 바람이 났다. 『젊은 베르테르의 슬픔』을 울면서 마저 읽었다. 마침내 '낭만적인 사랑'을 이해했을 때 나는 그것을 영영 포기했다.

인형: *Comfort doll aka voodoo doll*

3개월

미국 캘리포니아주 샌프란시스코

애착 인형

힘든 이별 이후 알렉산더는 연인 또는 하룻밤 상대들의 옷가지를 모으기 시작했다. 그는 버림받은 과거를 위로하기 위해 그 옷들로 애착 인형을 만든다. 연인과의 친밀한 관계가 비록 끝나더라도 다른 형태로 그 연인을 소유하겠다는 뜻이다. 이 인형들은 그가 어릴 적 마음대로 조종하며 놀던 액션 피규어를 떠오르게 한다.

크로스핏 장갑: *Cross-training gloves*

2011년 9월 22일-2013년 10월 30일

멕시코 멕시코시티

한주먹거리 연애

그와 만나고 1년 뒤 나는 체중 감량을 위해 운동을 시작했다. 처음엔 수영이었고 그다음엔 무술 리마라마였다. 그는 내가 운동하는 걸 항상 격려해주었다. 강한 여자친구가 자랑스럽다고도 했다. 나는 바를 사용하는 군대식 크로스핏 훈련을 시작했는데, 바를 드는 게 익숙지 않아서 손에 굳은살이 박였다. 남자친구는 나를 운동용품점에 데리고 가서 바를 들 때 사용할 운동용 장갑을 사주었다. 운동을 열심히 하니 자신감이 붙었고, 몸도 좋아졌다. 내가 피트니스와 운동에 시간을 쏟아붓자 그는 질투를 하고 불안해하기 시작했다.

하루는 그가 내게 다른 사람이 있냐고 물었다. 나는 아니라고, 바람을 피우는 건 너라고 장난스럽게 말했다. 그가 맞다고 대답할 줄은 몰랐다. 처음엔 눈물이 났지만 그가 거짓말을 하고 변명을 늘어놓기 시작하자 화가 났다. 나는 자리에서 일어나 그의 얼굴에 주먹을 한 방 날렸다. 한 번, 두 번, 세 번. 세 번째에 그의 이빨이 부러졌다. 그제야 큰일 났다는 생각이 들었다. 여전히 아드레날린이 솟구치고 있었지만, 나는 몸을 떨며 사과하기 시작했다. 우리는 치과의사를 찾아 병원 세 군데를 전전했다. 치과의사가 있는 병원은 없었다. 나는 내

담당 치과의사에게 연락했고, 그는 상처가 닫히지 않도록 빠진 이를 그 자리에 넣어두라고 조언했다…. 그 뒤로 나는 그를 두 번밖에 보지 못했다. 그는 이를 제자리에 붙여두는 교정 장치를 붙이고 있었다. 나는 그에게 치료비를 대겠다고 약속했으나 화가 나서 그럴 수 없었다. 게다가 치과의사의 말로는, 그는 담배를 너무 많이 피워서 치아 상태가 좋지 않았다. (전 남자친구의 숙모가 치과의사였으니, 치료비가 너무 비싸지 않았기를 바란다.)

내가 기억하는 건 그 주 크로스핏 수업에서 내가 바 리프트를 일곱 차례 성공했다는 것이다. 나는 권투 수업도 열심히 다녔다. 하지만 펀치를 날린다고 해서 기분이 좋아지지는 않았다. 다시는 누군가를 때리지 않을 것이다. 나는 이제 바 리프트를 연속으로 열 번 할 수 있고 밧줄도 탈 수 있다.

이혼하던 날

난쟁이 인형: *Divorce day mad dwarf*

20년

슬로베니아 류블랴나

이혼하는 날 그는 새 차를 타고 왔다. 오만하고 냉랭한 태도로. 난쟁이는 새 차의 앞 유리를 향해 날아갔다가 튕겨 나와서 아스팔트에 안착했다. 시간의 호를 그리는 긴 곡선이었다. 이 짧고 긴 곡선은 사랑의 끝을 의미했다.

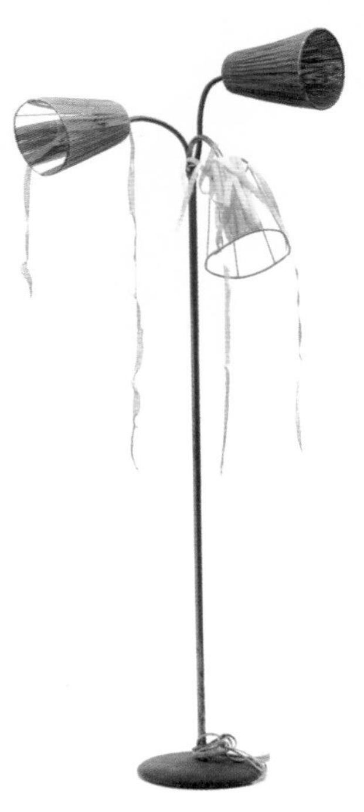

스탠드 조명: *1950s bag floor lamp, a little ragged and burned*

5년 반

스위스 바젤, 독일 도르트문트, 함부르크, 보훔, 뒤셀도르프

조명이 꺼질 때

1950년대에 만들어진 이 아름다운 플로어 램프는 제일 친한 친구의 선물이었다. 바젤 중앙 시장의 벼룩 장터에서 구입한 물건이라고 했다. 램프는 기차를 타고 내가 살던 도르트문트까지 왔고, 내 무대 공연에서 중요한 소품이 되었다. 심지어 거트루드라는 이름마저 얻었다. 이 램프는 무대 위에서나 아래에서나, 언제나 내 곁에 있었다. 거트루드가 배경에 함께 찍힌 사진도 많다. 거트루드는 주차장에 서 있기도 했고, 공연을 위해 기차를 타기도 했다. 뒤셀도르프에서 찍은 비싼 화보에서도 거트루드는 중심 소품이었다. 이 램프에는 특유의 무대 자아가 있었다. '그리하여 거트루드가 빛을 내다—플로어 램프의 일기'라는 제목으로 일기도 만들어줬다.

하지만 그때 내 남자친구였던 사람은 거트루드의 그림자에 가려지는 게 지겨웠던 모양이다. 어느 날 인터넷에 올라온 섹스 사진에서 거트루드를 발견했다. 열렬히 운동 중인 두 몸의 얼굴은 찍히지 않았지만 배경에 거트루드가 서 있었다. 벌거벗은 사람은 다름 아닌 남자친구였다. 나는 당시 그에게 2주 동안 램프를 맡겨두었다. 램프도, 과거의 연애도, 호시절을 흘려보냈다.

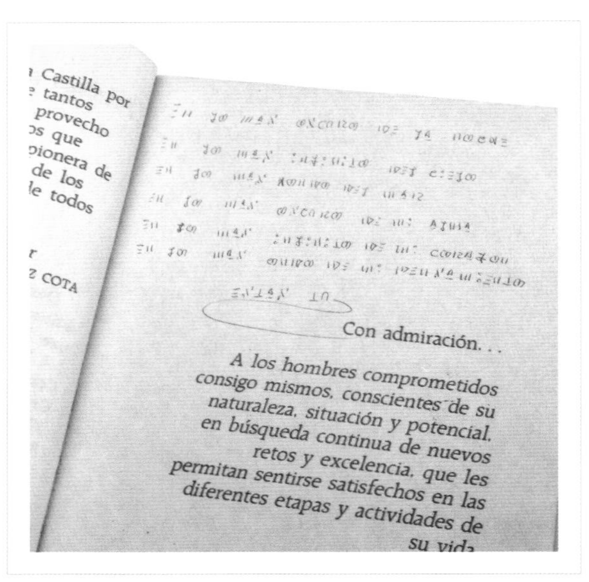

메모가 적힌 책: *Book*

1984년-1986년

멕시코 멕시코시티

나를 매일 학교까지 바래다주던 남자아이가 준 책이다. 나는 그때 열세 살이 채 되지 않았고 그는 아마 나보다 한 살 위였던 것 같다. 나는 그를 좋아했지만, 그가 병에 걸려 격리당하자 한동안 그를 만날 수 없었다. 우리는 우리만 아는 알파벳을 만들어서 편지를 주고받기로 했다. 우리 가족은 내가 그와 통화조차 하지 못하도록 했다. 그의 어머니가 도와준 덕분에 우리는 편지를 교환할 수 있었다. 이 책에는 그가 나를 위해 쓴 시가 우리의 알파벳으로 적혀 있다. 그로부터 얼마 지나지 않아 나는 그를 만나지 못하게 되었다. 우리 동네의 신앙인들이 우리 둘이 사귀는 걸 원하지 않았다. 그들은 내가 그와 죄를 저질렀다고, 우리가 섹스를 했다고 모두에게 떠벌리겠다고 을러댔다. 그는 내 이름에 먹칠을 하고 싶지 않다 했고, 우리의 관계는 그렇게 끝났다.

25년이 지나 그는 페이스북을 통해 나를 다시 찾았다. 재회했을 때 서로에 대한 애정은 그대로였다. 하지만 그 애정은 헛된 것이었다. 그에겐 약혼자가 있었으니까.

칼: *Butcher knife*

23년

미국 아이다호주 보이시

무뎌진 관계

당신은 우리 집의 요리사 역할을 맡았고, 가끔 내게 주방을 쓰도록 '허락'했다. 당신은 내가 칼을 다룰 줄 모른다며 당신이 특별히 아끼는 셰프용 칼을 사용하지 말라고 했다. 당신은 나를 식칼 가게에 데려가서 교육용으로 이 칼을 사주었다.
재미있게도, 당신이 그 뒤로 내 칼을 종종 사용했다. 당신은 칼갈이를 자처했지만, 우리 가족 사이에선 우리의 칼이 무디기로 유명했다. 그 칼로는 토마토나 버섯조차 자를 수 없었다. 내가 요리를 그만둔 것도 무리가 아니다.
이제 내겐 나만의 칼 세트가 있다. 빛나고 날카로운 칼. 그것으로 나는 썩 괜찮은 요리를 한다.

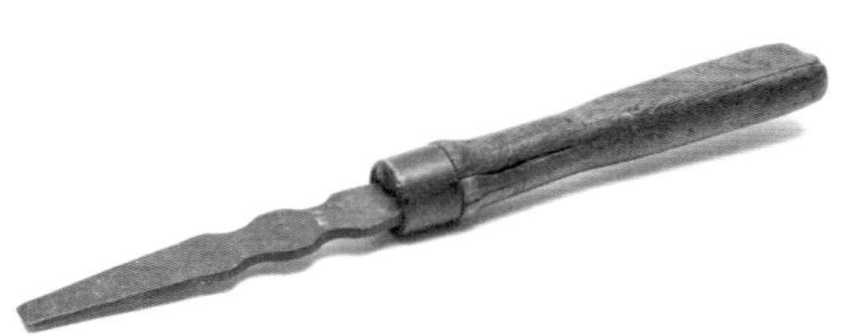

정체불명의 공구: *Carpenter's tool*

2009년 4월-7월

벨기에 브뤼셀

아버지의 유언

장은 상사의 딸 폴과 결혼하면서 상사의 공구를 여럿 물려받았는데 그중 하나가 이 기묘한 모양의 물건이었다. 장은 이 공구를 어떻게 사용해야 할지 몰라서 한 번도 쓰지 않았다고 한다.

폴은 우리 어머니, 장은 우리 아버지다. 두 분이 돌아가셨을 때 장의사가 며칠 동안 집안 곳곳의 부모님 물건을 정리하는 걸 도왔다. 그의 손길은 아버지가 물려받은 공구를 보관해둔 지하실까지 닿았다.

장의사는 매일 저녁 전화를 걸어 내가 괜찮은지 묻고, 계란을 갖다 주고, 자기 집으로 나를 초대하기도 했다. 보통의 장의사에게서 기대하는 서비스는 아니다. 아버지는 자신이 죽으면 나 혼자서 집을 돌보기가 어려울 거라 생각하고 장의사인 친구에게 미리 나를 돌봐달라고 부탁한 것이다.

그는 아버지의 부탁을 따랐다. 그는 지금도 나를 돌봐주고 있다. 하지만 장의사이기도 하고 목수이기도 한 그의 눈에도 이 공구는 여전히 정체불명이다.

도자기 밀방망이 : *Ceramic rolling pin*

태어났을 때부터 1981년까지 (6년)

영국 베드퍼드

진저브레드 쿠키 냄새

어머니에 대한 물리적 기억은 전부 불태워졌고, 버려졌고, 묻혔다. 그게 나를 힘들게 했다. 아무도 어머니에 대해 이야기하지 않아서 내 마음 속 깊은 곳에는 분노가 자리 잡았다. 어지러운 감정의 폐허를 가까스로 정리하고 나자 이 도자기 밀방망이 하나만이 살아남았다. 나는 밀방망이를 간직했고 이사를 다닐 때마다 소중하게 짐에 넣었다.

이 밀방망이는 어릴 적 어머니와 부엌에서 진저브레드 쿠키를 만들던 순간의 강렬한 기억을 떠올리게 해준다. 그날 내가 느낀 것들과 부엌의 냄새, 어머니 냄새, 그녀가 내 곁에 있다는 소속감, 행복감을 환기시킨다.

2010년 10월, 나는 어머니와 재회했다.

이제는 삶의 다음 단계로 나아갈 수 있을 것 같은 기분이 든다. 이 밀방망이를 기증하는 건 내가 더 이상 이 물건에 집착하지 않아도 된다는 뜻이다.

"이제 우리에게도 좋은 날이 오길!"

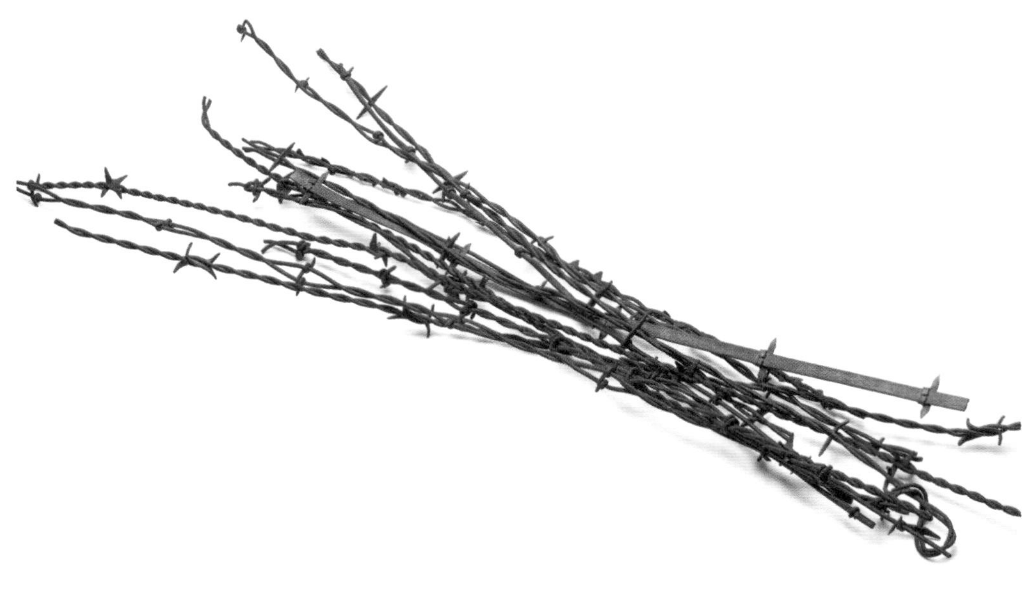

낡은 가시철사 다발: *Collection of various strands of old barbed wire*

1993년-2007년

미국 콜로라도주 코니퍼

끊어버리고 싶은 관계

이 가시철사 다발은 아버지 것이었다. 아버지는 쓰레기를 모으는 사람이었다. 코니퍼의 우리 집 차고 안에 놓여 있던 이 가시철사 다발은 그가 남긴 몇 안 되는 물건이다.

그는 한 번도 아버지답게 행동하지 않았다. 우리 남매를 돌보지도, 우리 인생에 개입하지도 않았다. 부모님이 이혼하신 2007년 이래 나는 그와 말을 섞은 적이 없다. 앞으로도 그와 연락할 생각은 없다. 나는 아버지와의 관계라는 것이 뭔지 모르는 딱하고 망가진 소녀가 된 기분으로 살아왔다. 이제는 그 기분을 벗어던지고 싶다.

두 개의 도자기 인형 : *Two figurines*

10년

아일랜드 더블린

새로운 시작을 위해

이 작은 도자기 인형 두 개는 나의 두 아이를 상징한다. 이제 아이들은 성장해 30대가 되었다.

영국에서 살던 1980년대에 나는 남편의 고약한 성미를 더는 버틸 수 없었다. 그에게서 가장 큰 타격을 받은 건 맏딸이었다. 내겐 아이들의 안전을 책임질 의무가 있었다. 어느 겨울밤, 나는 남편 몰래 아이들을 데리고 나가서 배를 타고 아일랜드로 향했다. 가진 건 입고 있는 옷이 전부였다. 아이러니하게도 가장 상심한 것도 맏딸이었다. 아빠를 떠나는 것을 그렇게 힘들어했다.

새로운 삶에 정착하고 2년 뒤 나는 사랑스러운 두 딸을 오래 기억 속에 남기기 위해 두 개의 인형을 샀다. 맏딸은 아버지에게 편지 쓰는 걸 좋아했고 막내딸은 뜨개질을 좋아했다. 인형 밑바닥에는 이런 글귀가 새겨져 있다. "따뜻하고 아늑한 겨울을 소망하며", "그는 나를 잊지 않았다." 남편의 못된 성질은 나아지지 않았지만 딸들은 아직도 그와 연락을 주고받는다.

엽서: *Postcard*

기간 미상

아르메니아 예레반

엽서에 담아 보낸 사랑

나는 아르메니아의 수도 예레반 토박이인 일흔 살의 여자다. 이 엽서는 아주 오래 전 이웃집 아들이 내 방 문틈에 밀어 넣은 것이다. 그는 나를 3년 동안 몰래 짝사랑했다고 한다.

오래된 아르메니아 전통에 따라 그의 부모님이 우리 집에 와서 딸을 달라고 부탁했다. 우리 부모님은 딸이 아깝다며 거절했다.

그의 부모님은 무척 화가 나고 실망해서 떠났다.

그날 저녁 그는 절벽으로 차를 몰았다.

필름통에 담긴 재: *Film canister with small amount of ashes*

1979년 5월-2012년 7월

미국 플로리다주 탤러해시

세계 곳곳에 당신을 남기며

우리가 만난 건 그가 열아홉에 아내를 잃고 2년이 흐른 뒤였다. 그는 아기가 있는 싱글 대디였다. 우리는 그의 아들에게 남동생을 만들어주었고, 그렇게 한 가족이 되었다.

상처를 치유하는 데 10년이라는 고된 세월이 흘렀다. 당시 운전을 한 사람이 자신이었기에, 그는 압도적인 죄책감과 상실감에 시달렸다. 자존감이 없는 여자라면 자기 파괴적인 그를 견디지 못했을 것이다. 허나 나는 그를 떠날 수 없었다. 자비가 우리를 구원했고 시간과 사랑이 우리를 치유했다. 인생은 축복처럼 정상으로 돌아왔다.

우리는 33년 동안 결혼 생활을 했다. 같이 성장하고 함께 늙어갈 날을 고대했다. 그러나 암은 그를 넉 달 만에 앗아갔다. 그는 훌륭한 남자였고, 그를 아는 모든 사람에게 사랑과 용기를 주었다.

그는 말했다. "사랑하며 살아. 내가 죽으면 재를 필름 통에 담아 친구들에게 나눠줘. 세상 곳곳에 재를 흩뿌려주면 좋겠다."

나는 다섯 달째 세계 여행 중이다. 나는 그를 빅토리아 호수, 카리브해, 아드리아해, 지중해, 인도양, 대서양에 뿌렸고 나

미비아 사막의 코끼리 보호 벽에 묻었고 희망봉에 던졌고 로마의 카푸친 토굴에 숨겼고 만성절에 크로아티아의 한 묘지에 흩뿌렸고 플리트비체 호수에 뿌렸다….

당신의 재, 나의 주인.
당신은 세상에 당신을 내어주라는 말을 남기고
나를 여름에 남겨두었죠.
당신의 재는 내 혀 위에서 씁쓸하지만
세상의 언어로는 달콤합니다.

새 인생, 새 기회, 그리고 끝

간호인 매뉴얼: *Transplant caretaker manual*

2015년 2월-2016년 2월

미국 오하이오주 애크런

제일 친한 친구가 낭포성 섬유증에 걸렸다. 우리는 거의 1년을 사귀었는데 그중 절반의 시간 동안 그의 이름이 폐 이식수술 대기 명단에 올라 있었다. 마침내 그는 새로운 폐를 이식받았고 2주 뒤 나와의 관계를 끝냈다. 그가 새 인생을 얻은 것은 무척 기쁘지만 거기에 내가 없다는 사실이 무척 슬프다.

강아지 인형:

Something to give away to end the story

2014년

소말리아 가르바하레

이야기를 끝내기 위해 버려야 할 것

우리 오빠는 운전기사였다. 하루는 만원 버스를 운전하고 있는데 버스에 타고 있던 기자가 사진을 찍고 기사를 냈다. 정부에서는 그날 버스를 운전한 사람이 누구인지 색출해냈다. 그들은 오빠가 도시로 돌아오기를 기다려, 오빠를 죽였다.
그들은 우리 가족이 스파이라고 주장했고, 그래서 나는 조국을 떠나야 했다.
오빠는 그날 내게 전화를 걸어 돌아오면 해줄 말이 있다고 했다. 하지만 그는 다시는 집에 돌아오지 못했다. 우리가 전처럼 웃고 이야기할 수 있다면 얼마나 좋을까.
나는 상자 안에 누워 있는 기분이다. 상자는 잠겨 있어서 밖으로 나갈 수 없다. 이 이야기를 끝내기 위해, 작별을 고하기 위해, 무언가를 버려야 했다.

그녀가 나를 더 이상 사랑하지 않길 바란다.

내가 사랑했던 유일한 사람이 그녀라는 걸,

그녀가 모르길 바란다.

4부

길었던 사랑에 마침표를 찍으며

야구공: *Baseball and postcard with American flag*

2010년 4월 15일-2012년 12월 31일

미국 코네티컷주 켄트

우주를 담은 야구공

어디선가 물질은 믿기 어려울 만큼 당황스러울 정도로 텅 비어 있다는 글을 읽었다. 세상 모든 물질을 이루고 있는 원자의 원자핵과 전자 사이 공간을 없애면 압축된 물질은 고작 야구공 하나의 크기라고 한다. 야구를 좋아하는 남자친구에게 이 얘기를 들려주었더니, 이 사실을 기획 중인 예술 작품의 모티브로 삼아보라며 내게 야구공을 하나 주었다. 그때 나는 4년 사이에 남편과 아들을 모두 잃고 우주를 이해할 방법을 찾아 헤매고 있었다. 남자친구 역시 근래에 아내를 잃었기에 나는 그가 나의 비애감을 이해할 거라 생각했다. 한데 그는 동료의 아내와 자고 있었다. 그 사실을 안 날, 야구방망이를 들고 제정신 차리라고 그를 한 대 때려주고 싶었다.

부적: *Amulet*

8-10개월

덴마크 브뢴뷔

기묘한 생일 선물

그녀는 내 생일 선물로 뜬금없이 작은 도끼날을 주었다. 8세기의 유물이었다. 그녀는 내가 고대 스칸디나비아의 상징들에 매혹을 느낀다는 걸 알고, 박물관에서나 볼 수 있는 이 물건을 개인 수집가에게서 샀다고 했다.

훗날 나는 여기에 끈을 달아 부적으로 만들었다. 부적을 보면 그녀가 생각났고, 어쩐지 그 안에 기묘한 마법의 힘이 깃들어 있는 것만 같았다. 한번은 부적을 잃어버린 줄 알았다. 다시 발견할 때까지 나는 공황 상태에 빠졌다.

우리의 관계가 끝나고 마지막으로 페이스북 메시지를 주고받은 다음, 나는 한밤중에 숲속에 가서 이 부적을 묻기로 결심했다. 그때 치른 피의 의식으로 아직도 흉터가 남아 있다.

몇 달 뒤, 나는 숲속을 거닐다가 부적을 묻은 장소에 다다랐다. 그리고 두 번 생각하지 않고 부적을 캐냈다.

이 부적이 내가 다시는 손에 넣을 수 없는 장소에 보관되길 바란다. 약해질 때면, 지금 이 부적을 떠나보낸 일을 후회할 테니까.

러브레터 피냐타: *Love-letter piñata*

1998년 9월-2001년 1월

미국 뉴욕주 뉴욕, 캘리포니아주 로스앤젤레스

나는 2년 반 동안 배우이자 뮤지션이었던 남자와 장거리 연애를 했다. 그는 공공장소에서 절대 내 손을 잡지 않았다. 페니스가 작은 남자였지만 그와의 섹스는 아직까지 내 인생에서 최고로 꼽힌다. 그와 헤어지고 몇 년 뒤 나는 그에게서 온 러브레터를 전부 모아서 피냐타(멕시코와 다른 중·남미 국가의 어린이 축제와 생일 등에 사용되는 과자나 장난감 등을 넣은 종이 장식)를 만들었다. 진부한 건 알지만 그땐 의미 있게 느껴졌다. 피냐타는 2007년부터 우리 집 아이들 방에 걸려 있고, 남편은 먼지를 떨 때마다 황당하다는 표정을 짓는다.

고질라 인형: *Plastic Godzilla adorned with beaded necklaces*

1990년-1992년

멕시코 멕시코시티

길었던 사랑에 마침표를 찍으며

벌써 스무 해가 넘게 나와 함께한 이 고질라 인형은 나와 동거하길 원했던 여자친구가 준 선물이다. 내가 혼자 아파트로 들어가면서 우리의 관계는 급작스럽게 끝났다.

언젠가 그녀에게 어릴 때 텔레비전에서 본 고질라 영화를 아주 좋아한다고 말한 적이 있다. 그녀와 아주 나쁘게 헤어지고 나서 나는 이 고질라에 그 후에 만난 애인들이 놓고 간 목걸이나 귀걸이 같은 것들을 걸어두곤 했다.

고질라는 책장 꼭대기에서 매서운 눈길로 내 아파트에 드나드는 사람들을 전부 감시해왔다. 이제 세월이 한참 지났으니 그도 제 길을 갈 때가 되었다고 생각한다.

나무로 만든 수박 조각: *A slice of watermelon*

1986년-2004년

마케도니아 스코페

평행한 세계의 사랑

열정, 열정, 사랑, 꿈, 우정, 응원,
데미언, 사랑, 사랑, 그리고 현실
현실, 줄어든 열정, 줄어든 사랑, 줄어든 우정,
줄어든 우리, 더 많아진 나와 나
두 개의 평행한 세계, 두 개의 평행한 길
이것은 수박 조각일까, 그저 하나의 환상일까? 아니면 둘 다 일까?
평행선은 만나지 않는다.
데미언을 만나 행운이다.
덕분에 여름에 진짜 수박을 즐길 수 있었다.
환상은 사라졌다.
평행선은 만나지 않는다.

브라질 지폐 : *Brazillian Banknote*

2009년-2013년

영국 런던

그가 나에게서 뺏어간 것

우리는 스코틀랜드에서 만났다. 나는 그의 접근이 불편했다. 그는 명함이 없다며 이 브라질 지폐에 이메일 주소를 적어주었는데, 그건 누가 봐도 쿨해 보이려는 꼼수였다. 그를 잊고 지내던 어느 날, 연락이 왔다. 친구를 만나러 근처에 왔다는 것이었다. 나는 그에게 미안해졌다. 우리는 결혼했다. 첫 만남에서 그는 나에게 지폐 한 장을 주었지만, 결국 그는 내게서 더 많은 지폐들을 앗아갔다. 그리고 그 밖에도 많은 것들을.

앞에는 웃는 표정, 뒤에는 화난 표정이 그려진 옷: *Sweatshirt*

18개월

덴마크 코펜하겐

그 사람의 두 얼굴

그가 우리 집에 놔두고 간 이 옷을 보면 그의 두 얼굴이 기억난다.

웃는 얼굴은 저녁을 사주고서 내가 절대 그에게 상처 주지 않으리라 믿는다고 말한다. 화난 얼굴은 자신이 크리스마스이브에 베스테르브로에 있는 남미 트랜스젠더 성매매 업소에 가서 800크로네를 내고 오럴섹스를 받았다고 고백한다. 화난 얼굴이 말한다. "이제 우리 둘 다 임질에 걸렸을 거야."

망가진 트렁크: *Broken trunk*

2010년 9월~2012년 3월

멕시코 멕시코시티

영원한 비밀은 없다

그와 나는 트렁크에 우리만의 비밀을 넣어두기로 했다. 시간이 흐르며 트렁크는 사진, 티켓, 란제리, 편지, 섹스 토이로 채워졌다. 열쇠는 우리가 항상 차고 다니는 팔찌에 달아두었다. 이별 직전, 우리는 집에서 파티를 열어 우리가 아는 모든 사람을 초대했다. 그날 술에 취한 그는 화가 난 나머지 내 침실에서 트렁크를 끌고 나와 내던졌다. 모든 친구들의 눈앞에서 트렁크의 물건들이 쏟아졌다. 그 순간부터 우리만의 비밀 같은 건 존재하지 않았다.

빈 파우더 컴팩트: *Vintage Stratton Compact*

1999년 9월-2002년 5월

미국 노스캐롤라이나주 더럼

해변에서 훔친 시간

고등학교 때 남자친구가 노스캐롤라이나 해변의 한 골동품 가게에서 이 파우더 컴팩트를 훔쳐 내게 선물했다. 우리가 격렬한 연애에 빠져들고 1년이 채 지나지 않은 때였다. 내가 그의 집으로 들어가기 전, 우리가 서로를 미치게 만드는 방법을 찾기 전.

그는 막 운전면허를 땄고, 우리는 열여섯 살의 문제아답게 학교를 빠지고 차로 두 시간을 달려 해변으로 갔다. 초봄이었고 생각보다 날이 쌀쌀해서, 우리는 약에 취하고 모래에서 사랑을 나누는 대신 그의 포드 토러스 안에서 몸을 덥히고 시내의 귀여운 상점들을 구경했다. 나는 진열대에 놓인 이 파우더 컴팩트를 보고 예쁘다고 말했다. 그가 도둑질하는 현장은 보지 못했기에, 몇 시간 뒤 공책에서 뜯어낸 듯 구깃구깃한 종이에 싸인 이 파우더 컴팩트를 받아 들고 나는 깜짝 놀랐다.

나는 고등학교 졸업식 직전에 그를 떠났다. 그가 내게 식칼을 던진 뒤였고, 또 내가 대학 입학증을 받은 뒤였다. 이제 그가 없는 인생을 살아야 한다는 걸 깨달았다.

지난 13년 동안 집을 옮길 때마다 이 물건을 소중히 포장했다. 나는 파운데이션이나 파우더를 사용하지 않기 때문에, 이 파우더 컴팩트는 내내 비어 있었다. 그게 어울린다는 생각이 든다. 우리의 관계는 내면의 빈 곳을 채우려는 실패한 시도였기에.

최악의 선물

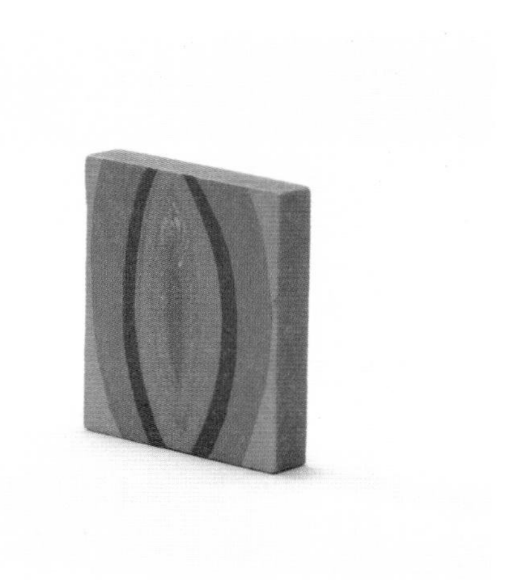

그림 : *Picture painted in acrylic*

2012년 7월 29일-2013년 12월 16일

멕시코 쿠에르나바카

내가 기증하려고 하는 이 그림의 이름은 '인유두종 바이러스'다. 전 남자친구에게 관대하게 '선물'받고, 산부인과 의사에게 빚진 작품. 바이러스를 기증하려면 내 음부를 뜯어내야 할 테니, 대신 이 그림을 기증한다.

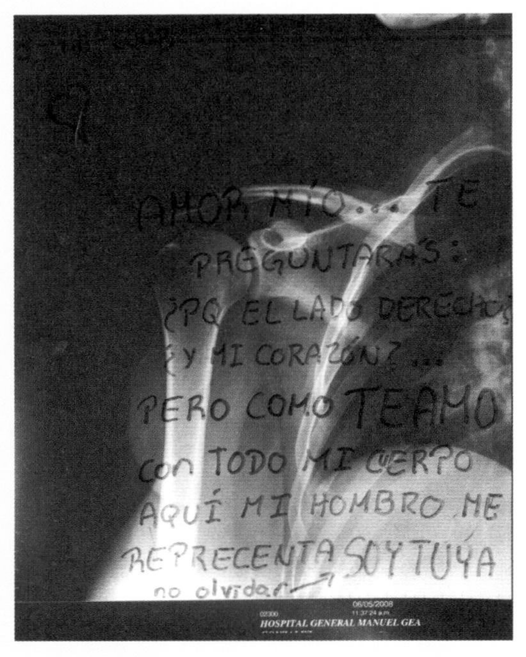

엑스레이 편지: *X-ray*

2006년 6월-2009년 12월

멕시코 멕시코시티

속 보이는 편지

바바라는 내게 처음이었다. 첫 여자친구, 첫 진지한 상대, 첫 사랑. 우리의 연애는 격렬했고 열정적이었으며, 그만큼 이상하고 파괴적이기도 했다. 언젠가 우리는 함께 교통사고를 당해서 엑스레이를 찍은 적이 있었다. 2008년 8월 8일 내 생일날, 그녀는 자기 오른쪽 어깨 엑스레이 사진에 이런 글을 적어서 내게 주었다.

"앤디, 내 사랑…. 왜 심장이 아니라 오른쪽 어깨의 엑스레이냐고 묻겠지? 나는 너를 온몸으로 사랑하고, 내 어깨는 내 몸 전체를 대표하는 거야. 난 네 거야, 잊지 마."

못된 것 같으니.

오토바이 부품: *Rear drive sprocket*

2008년 5월 1일-2013년 11월 13일

노르웨이 베르겐

엔진이 꺼질 때

우리의 연애가 끝나기 몇 달 전, 그의 오토바이가 손쓸 도리 없이 망가졌다. 그는 남은 연료를 태우기 위해 마지막으로 엔진에 시동을 걸었다. 후에 그는 오토바이가 드라이브를 갈 준비를 하는 것처럼 기쁘게 깨어나는 걸 보고 마음이 아팠다고 말했다. 생명의 마지막 불꽃이 꺼지자, 그는 열기가 식기를 기다렸다가 시체를 분해했다. 그는 내게 오토바이 부품이었던 드라이브 스프로킷 휠 하나를 줬다. 그의 새 오토바이도 싫진 않았지만, 옛 오토바이가 그리웠다.

11월에 그는 다른 사람과 사랑에 빠졌다며 나를 떠났다.

면도 키트: *Shaving kit*

1987년-1996년

크로아티아 자그레브

네가 몰랐으면 해

그녀는 내게 생일 선물로 이 면도 키트를 주었다. 마지막으로 사용한 지 꽤 오래되었지만, 그녀에 대한 추억이 담겼기에 버리지 않았다.

우리가 만났을 때 그녀는 열일곱이었다. 나는 스물일곱이었고, 아이가 셋 있었다. 10년이 지나 우리는 헤어졌지만 그녀에 대한 나의 사랑은 조금도 사그라들지 않았다. 그녀는 그사이 결혼을 해서 딸을 낳았다. 그녀가 나를 더 이상 사랑하지 않길 바란다. 내가 사랑했던 유일한 사람이 그녀라는 걸, 그녀가 모르길 바란다.

코모도어 64용 모뎀: *Modem for Commodore 64*

1988년 6월-12월

크로아티아 자그레브

갑자기 왔다가 갑자기 떠나고

초등학교 6학년 때 그 애가 전학 왔다. 우리는 서로 첫눈에 반했다. 우리는 계속 교실에서 시선을 주고받고 서로에게 장난을 걸었다. 잠시 동안은 같은 줄에 앉아 있기도 했다. 초등학교를 졸업한 뒤, 그가 다른 도시의 고등학교에 진학하는 바람에 우리는 몇 년 동안 만나지 못했다.

고등학교 졸업을 앞둔 어느 날, 그가 갑작스럽게 다시 내 인생으로 걸어 들어왔다. 우리는 함께 경이로운 6개월을 보냈다. 그 시기에 나는 대학에 등록했고, 그는 캐나다로 떠날 준비를 하고 있었다.

그는 캐나다에 몇 달만 머물 계획이었으나 어느덧 우리가 만나지 못한 지 24년이 되었다. 그는 떠나기 전 이 모뎀을 정표로 남겼다. 우리가 같은 교실에, 어쩌면 같은 줄에 앉아 있을 때 그가 직접 만든 것이다. 1980년대였고, 그는 이 모뎀으로 주에서 개최한 젊은 IT 과학자 대회에서 2등상을 받았다. 벌써 지난 세기의 일이다.

십자말풀이: *Crossword puzzle*

2006년 7월-2008년 10월

미국 캘리포니아주 샌프란시스코

네가 나에게 남긴 습관

케이트와 나는 주말이면 《뉴욕 타임스》 낱말 퍼즐을 맞추곤 했다. 그녀를 만나고 생긴 습관인데, 이 습관은 우리의 관계가 끝난 뒤에도 오래 이어졌다. 보통 우리는 퍼즐을 반 정도 맞추다가 금세 포기하고는 각각의 단서에 허튼 답을 써넣곤 했다. 우리가 사귄 첫해, 그녀는 생일 선물로 내게 이 퍼즐을 만들어주었다. 지금도 이 단서들을 보면 그녀가 나를 얼마나 많이 웃게 했는지 기억난다. 하지만 이는 우리가 연애에 실패한 이유를 떠올리게 하는 쓰라린 증거이기도 하다.

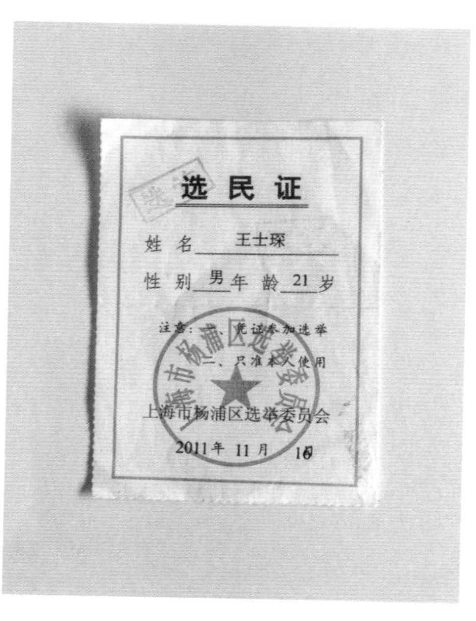

选民证

姓名 王士琛

性别 男 年龄 21 岁

注意：一、凭证参加选举
二、只准本人使用

上海市杨浦区选举委员会

2011年 11月 16

투표증: *Electoral certificate*

2011년

중국 상하이

그의 투표증이다. 그는 내게 이 투표증을 주고 자신이 출국한 동안 전국 인민 대표 대회 선거에 자신을 대신해 투표해달라고 부탁했다. 나는 그게 우리의 마지막이리라 상상하지 못했다. 나는 마치 아름다운 기억을 간직하듯 이 투표증을 내내 지갑에 넣고 다녔다.

그를 떠나기로 결심하고 3년이 흘렀다.

그럼에도 나는 그가 그립고, 그가 내게 가르쳐준 모든 것에 감사한다. 그의 미래에 좋은 일이 가득하길, 그가 행복한 가정을 이루길 바란다.

나침반: *Lensatic compass*

2010년 10월-2011년 2월

영국 런던

내 길은 내가 정해

짧지만 격렬한 연애였다. 그는 내게 온 세상을 약속했고, 앞으로 같은 길을 가자는 의미로 크리스마스에 이 나침반을 선물했다. 나는 모든 걸 걸고 이 관계에 뛰어들었지만, 어느 토요일 아침 갑작스럽고도 비참한 쪽지를 발견했다.

“못 하겠어.”

그 뒤로 그에게서 소식 한 줄 없었다.

이 선물은 꽤 낭만적으로 보였지만, 돌이켜보면 아이러니하게도 그 의미가 극적으로 달라진다. 그는 내게 나침반이 필요하다고 생각했을까? 사실은 필요 없는데.

헤어드라이어: *Hair dryer*

9년 반

독일 쾰른

사소한 부탁 하나

어릴 적 우리 가족에겐 특별한 헤어드라이어가 있었다. 한 번 과열되면 스위치를 끄고 나서 다시 켜지기까지 한참을 기다려야 했다. 그래서 우리는 여러 사람이 헤어드라이어를 사용해야 할 경우에는 스위치를 끄지 않는 버릇을 들였다.

전 남자친구는 나보다 먼저 샤워를 했고, 헤어드라이어도 먼저 사용했다. 우리 가족이 쓰던 것과는 다른 헤어드라이어였지만, 나는 그에게 종종 작동 중인 헤어드라이어를 켜둔 채로 건네달라고 부탁하곤 했다. 그는 그때마다 헤어드라이어를 그냥 꺼버렸다.

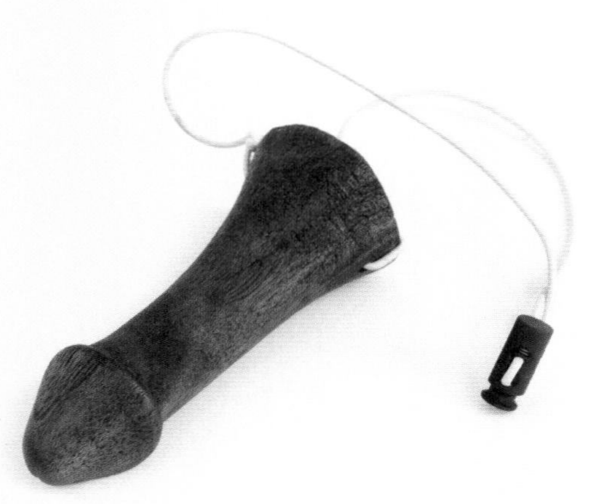

(코에 착용하는) 피노키오 음경: *Pinocchio dick*

2010년 2월-2015년 5월

미국 아이다호주 보이시

친구 하난 잘 뒀네

나는 5년 동안 순도 백 퍼센트의 나르시시스트와 사귀다 헤어지기를 반복했다. 네이선은 나를 신체적으로, 정신적으로, 감정적으로 학대했다. 그가 폭력 혐의로 구속되기 몇 달 전 어느 밤, 금속 예술가 겸 대장장이인 그의 친구 스티브가 깜짝 '선물'을 들고 나타났다. 그즈음 우리의 연애는 위태로웠다. 네이선은 불쑥 터져 나오는 격한 분노나 알코올중독을 다스릴 수 없다고 한탄했다. 네이선은 스티브에게 나르시시스트의 관점에서 자신이 얼마나 개새끼(dick)인지 설명했다. 스티브는 그에게 손으로 깎아 만든 '피노키오 음경(dick)'을 선물했다. "네이선, 네가 개새끼처럼 굴 때마다 이걸 코에 걸어." 스티브는 네이선더러 내게 잘못을 저지를 때마다 반드시 세 가지를 말하라고도 일렀다. "네가 옳아. 미안해. 사랑해." 잃어버린 줄 알았던 이 물건을 최근에 다시 발견했다. 어쩌다가 이게 미술 용구함에 처박혔는지 모르겠다.

추신: 내겐 진짜로 개 한 마리가 생겼다. 미술관에 몇 달 풀어놓는다면 그 개도 좋아하겠지만 나는 단 몇 시간이라도 녀석을 내 시야에서 떼어놓고 싶지 않다.

부서진 레코드판: *Broken Donovan single*

23년

벨기에 브뤼셀

하룻밤 사이 변한 사랑

내 인생의 남자와 갑작스럽게 결별하고 남은 물건이다. 나와 23년을 함께한 그는 하룻밤 사이에 다른 여자가 생겼다며 나를 떠났다. 그는 거의 2,000장에 달하는 자신의 레코드를 한 장도 빠짐없이 가져가겠노라 말했다. 한 장이라도 남겨달라고 말하자 그는 "당신은 레코드를 듣는 법이 없잖아"라며 거절했다. 나를 배신한 남자의 못되고 이기적인 대답은 내게 쓰라린 상처를 남겼다. 이삿짐 차량이 도착하기 직전, 나는 도노반의 싱글 「컬러즈」를 꺼내어 부서뜨렸다. 그 노래의 마지막 가사대로, "그 시간을 생각지 않고, 내가 사랑받았던 시간을 생각지 않고(Without thinkin' of the time, of the time when I've been loved)."

매트리스 스프링: *Mattress springs*

19년

크로아티아 자그레브

보란 듯이 잘 지낼게

19년을 함께 살았는데, 어느 날 그가 떠났다.

난생처음으로 사랑에 빠졌다나!

너희가 잃는 건 없을 거라며 아이들을 달랬다. 아빠는 여전히 너희의 아빠라고.

그는 얼음처럼 차갑게 걸어 나갔다.

그가 떠난 직후, 나는 한 시간 동안 우리 침실을 정리해서 한 아이에게 내주었다.

아이들은 각자 방이 생긴 게 기뻐서 소리쳤다. 오늘이 인생 최고의 날이에요!

대단히 모순적인 순간이었다. 가장 슬픈 날이 최고의 날이 되다니.

훗날 나는 그와 함께 쓰던 매트리스를 둘로 갈랐다. 가위와 펜치만 있으면 충분했다.

사람들은 못 할 거라고 했지만, 난 해냈다.

그래서 내겐 싱글 매트리스 하나가 남았다. 그의 몫은 지하실에 두었다. 차가운 철제 해골이 있어 마땅한 곳에.

나는 아직도 그 싱글 매트리스에서 잔다. 벌써 4년 동안.

그러니 보시라, 못 할 게 뭔가!

사탕 조각: *Piece of candy*

2015년 10월-2016년 8월

카타르 도하

안전하리라 예상되는 불륜이었다. 각자 고국에 배우자를 두고 먼 타국에 나와 있는 두 사람. 우리는 인종이 달랐고 문화도 완전히 달랐다. 그를 사랑하고 싶지 않았다. 그는 내가 아는 어떤 남자보다도 나를 못되게 대했지만, 내게 형언할 수 없는 큰 기쁨을 주기도 했다. 그의 모습, 냄새, 목소리, 그와 함께할 때의 감각. 그는 나를 참으로 여러 번 실망시켰지만 나는 언제나 그에게 돌아갔다.

결국 나는 힘을 되찾고 그를 떠났다. 나는 이제 더는 '샤르무타(창녀)' 취급을 받지 않을 것이다. 그는 지구 반대편에 있고 아마 나는 다시 그를 만날 일이 없을 것이다. 그는 내 마음속에 남은 무지근한 통증이자 아무도 보지 못하는 슬픔이다.

내가 그와 보낸 시간 동안 마지막으로 남긴 물건이 이 사탕 조각이다. 내가 왜 이걸 버리지 않고 1만 킬로미터가 넘게 떨어진 고향까지 들고 왔는지 모르겠다.

하비비('내 사랑'이라는 뜻의 아랍어), 당신은 언제나 내 심장 가까이에 있어. 그렇지만 사랑을 위해 내가 갈기갈기 찢기는 일은 다신 없을 거야.

다스 베이더 피규어: *Dark Vador figurine*

2007년 8월-2013년 2월

벨기에 몽스

이제 내 인생을 살래

우리가 함께 보낸 마지막 크리스마스에 내가 그에게 준 선물이다. 그로부터 채 한 달도 지나지 않아 우리는 별거를 시작했고, 어쩐 일인지 내 짐에서 이 피규어가 나왔다. 아마 실수로, 깜박해서 두고 간 것이겠지.
권태로운 일상이라는 어두운 날들에 작별을 고한다. 후회하고 자책하던 날들에 작별을 고한다. 나는 당신의 길을 따르기를 거부한다.

싸우지 않으면, 그대는 당신의 운명을 만나게 되리라.
_다스 베이더, 「스타워즈 에피소드 6: 제다이의 귀환」

수표장:

My last 2006 checkbook with my and my ex's names on it

1984년-2006년

미국 콜로라도주 덴버

사랑과 파괴의 기록

전남편이 나를 떠난 2006년까지, 나는 22년 동안 그를 사랑했다. 나는 그와 나의 마지막 연결고리를 상징하는 이 수표장을 보관해두었다. 수표장은 내 인생에서 심리적으로, 감정적으로, 금전적으로 가장 해로웠던 경험들을 기록하고 그에 얽힌 이야기를 들려준다. 우리가 어떻게 가족을 이뤘고 여행했고 아름다운 두 아이를 키웠는지 보여준다. 또한 이 금전 기록은 큼직한 물건들을 사고, 아이들의 대학 등록금을 내고, 미국에서 우리가 꿈꿨던 집을 산 증거이기도 하다.

다른 한편으로 이 수표장은 우리가 쌓아 올린 모든 것을 우리 스스로 무너뜨리고 파괴한 이야기를 들려준다. 내가 두 명의 심리학자, 두 명의 정신과 의사, 두 명의 변호사를 방문하고 한 번 정신병동에 입원한 것을 증언한다. 자동차 사고와 음주운전, 아파트 두 군데에 월세로 살았던 것도. 요컨대 이 수표장은 우리가 함께 보낸 시간을 숫자로 분류하고 나열한 과정의 연대기라 할 수 있다.

아주 오랫동안 나는 이 수표장을 보관해왔다. 그저 버릴 수가 없었다. 사랑하는 관계의 엔진을 파괴하는 셈이므로.

빈티지 병정 인형: *Vintage toy soldier*

2009년 7월 19일-2010년 9월 30일

미국 아리조나주 투손, 아이다호주 보이시

차라리 몰랐더라면

2010년 여름, 우리는 아리조나주 투손의 새 집으로 이사할 준비를 하고 있었다. 몇 주에 걸친 주말 동안 앤티크 시장과 가게에 가서 새 집에 어울릴만한 물건을 샀다. 어느 날, 나는 동그란 머리와 칙칙한 캔버스 소재 외투를 입은 목제 병정 인형을 발견했다. 켄은 예비군 소속이었고, 그가 집을 떠나 있는 동안엔 이 초라한 병정이 우리 집을 지켜줄 것 같아서 마음에 들었다.

이사를 하고 2주 뒤, 켄이 실직했다. 짐도 다 풀지 못한 채였다. 그는 공황에 빠졌다. 우리 지역에는 일자리가 극히 드물었고, 현 상태로는 집세를 아슬아슬하게 감당할 정도였다. 그는 서재의 간이침대에서 잠을 자기 시작했다. 때로는 일자리를 찾느라 밤을 새기도 했다.

그는 노동자의 날에 멕시코로 스쿠버다이빙 여행을 가자고 제안했다. 잠시 걱정은 내려놓고 느긋한 주말을 즐기자는 것이었다.

여행을 마치고 투손에 돌아와보니 집이 발목 높이까지 침수되어 있었다. 냉장고의 제빙기에 달린 작은 호스에 구멍이 나서 사흘 내내 물을 뿜어댄 것이다. 물건 거의 전부가 침수되어 못쓰게 되었다. 우리 집은 살 수 없는 집이 되었다.

한 달쯤 뒤, 나는 켄이 호스에 장난을 쳤다는 걸 알게 되었다. 보험금을 타내려고 일부러 집을 침수시킨 것이다. 그리고 스쿠버다이빙 여행을 가기 직전에 내 이름으로 생명보험을 들었다는 것도 알게 되었다. 나를 바다에 빠뜨려 죽일 계획을 세워놓고, 겁이 나서 실행에 옮기지 못한 걸까? 그의 기만은 이게 끝이 아니었다. 작은 병정 인형이 우리 집을 지키던 밤에 그는 전 여자친구와 밀회하고 있었다.

나는 남은 물건을 전부 싸서 아이다호로 돌아갔다.

너무 뜨거웠던 연애

녹은 휴대폰: *Melted phone*

2009년-2013년

미국 매사추세츠주 렉싱턴

내겐 아파트가 하나 있었다. 그곳에 세 들어 사는 커플은 자주 싸웠고, 아마 내가 그들을 쫓아낸 다음에 헤어진 것 같다. 그들이 나간 집을 청소하다가 오븐에서 이 폴더형 휴대폰을 발견했다. 한 사람이 상대에게 앙심을 품고 오븐에 넣은 거겠지.

총알이 든 상자: *Box for 50 pistol cartrdiges*

1979년 2월 17일-2013년 5월 2일

스위스 바젤

기억으로만 남은 사람

그의 아파트를 청소하다가 침실에서 이 상자를 발견했다. 경찰은 이 상자를 찾지 못했는지 권총만 가져갔다. 1997년에 허가증을 받고 산 업무용 표준 권총이었다. 그 밖에 남아 있는 소지품은 많지 않았다. 그는 이미 모든 걸 신중하게 정리한 뒤였다. 그의 정신 상태를 알려주는 건 이 총알 상자가 전부였다. 그는 16년 동안 비밀을 지켰다. 이제 남아 있는 건 내가 태어날 때 시작하여, 어느 봄날 아침에 끝난 관계의 추억뿐이다.

『외로운 늑대와 아기 곰』 시리즈:

Collection of "Lone Wolf and Cub"

2004년 12월-2015년 12월

미국 캘리포니아주 레세다

때로는 미완성이 더 가치 있는 법

레세다에서 탄생한 어린 사랑은 톰 페티의 노래「자유 낙하(Free Fallin')」와 닮았다. 그는 나와 너무나 달랐고, 아름다웠다. 우리는 11년을 함께했으며 그중 6년은 부부로 지냈다. 하지만 전쟁이 우리의 행복을 앗아갔다. 외상 후 스트레스 장애는 예기치 못한 순간에 느닷없이 불쾌한 얼굴을 들이밀었다. 그는 나를 만나기 전에 이 책들을 가지고 있었고, 나는 그와 사귀면서 이 책들을 읽었다. 그는 나를 떠나며 이 책들을 간직하든 버리든 마음대로 하라고 했다. 나는 이 시리즈 마지막 편에 무슨 일이 일어나는지 안다. 때로는 이야기가 끝나지 않도록 두는 것도 괜찮다.

사탕으로 만든 끈 팬티: *Unopened candy G-string*

2004년-2008년

스위스 빈터투어

이런 걸 선물이라고

그가 생각하는 '로맨틱'은 이런 것이었다. 사탕으로 만든 끈 팬티. 나는 웃어넘기고 상자를 열어보지도 않았다. 그는 꽃이란 지루한 사람들을 위한 것이라면서 내게 단 한 번도 꽃을 사주지 않았다. 내가 받은 선물은 소시지나 자전거 부품 따위였다. 그를 사랑했으므로 괜찮았다.

4년 뒤, 나는 그가 고른 선물들만큼이나 그 역시 천박하고 추레한 사람이라는 걸 알게 되었다. 그는 직장 동료와 바람을 피우고, 내게 메일로 이별을 고했다.

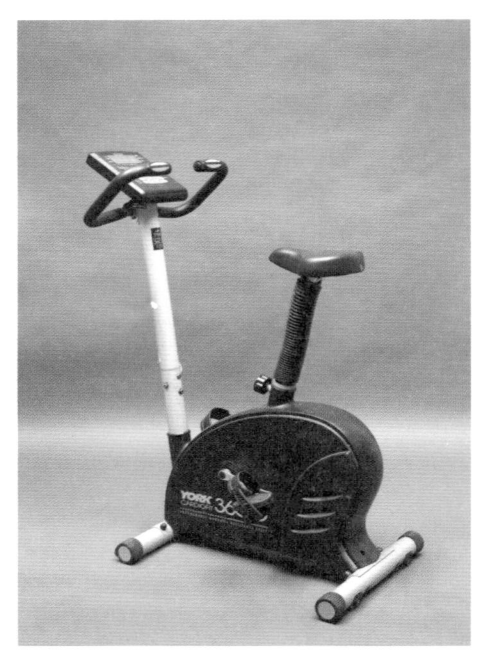

운동용 자전거: *Exercise bike*

14년

핀란드 누르미예르비

내겐 너무 건강했던 그녀

이 운동용 자전거는 아내에게 준 크리스마스 선물이었다. 여기엔 유산소 운동, 심장 회복 등의 프로그램이 입력되어 있다(심장 회복 프로그램은 고장 났다). 사랑하는 아내가 운동용 자전거 말고도 많은 것에 올라타길 좋아한다는 사실을 알고, 나는 그녀와 이혼했다. 그녀는 자전거를 가지고 가지 않았다. 심장이 아주 건강한 모양이다.

결혼식 베일: *Wedding veil*

1978년-1983년, 1988년-2012년

미국 아이다호주 보이시

두 번의 결혼식

스무 살의 신부로 처음 교회에서 이 베일을 썼을 때, 나는 스스로를 아주 중요하게 여겼다. 젊은이들의 결혼은 오래가지 못하는 경우가 많으니 내가 실패했다는 생각은 들지 않았다. 다음으로 이 베일을 쓴 건 30년 뒤 두 번째 남편과 결혼 재서약식을 치를 때였다. 그때 나는 진지하지 않았다. 예식을 진행한 남자는 자기가 엘비스 프레슬리인 척했다. 모든 게 가식 같았던 식을 마치고 예배당인 척하는 건물을 나서던 중, 남편의 번쩍이는 금빛 통굽 구두에 베일이 짓밟혔다. 머리가 당겨진 나는 아우성을 치고 욕을 퍼부었다. 그러나 그는 알아채지 못했고, 나는 고군분투 끝에 그의 285 사이즈 구두 아래에서 가까스로 베일 끝자락을 빼낼 수 있었다. 그는 나를 볼 수도 느낄 수도 없었다. 그게 우리 관계의 축소판이었다. 두 번째 결혼 생활은 더 길었고 아이가 있었지만 오래가지 않았으며 실패했다는 생각이 들었다. 불운이 깃든 이 베일을 부디 맡아 주시길.

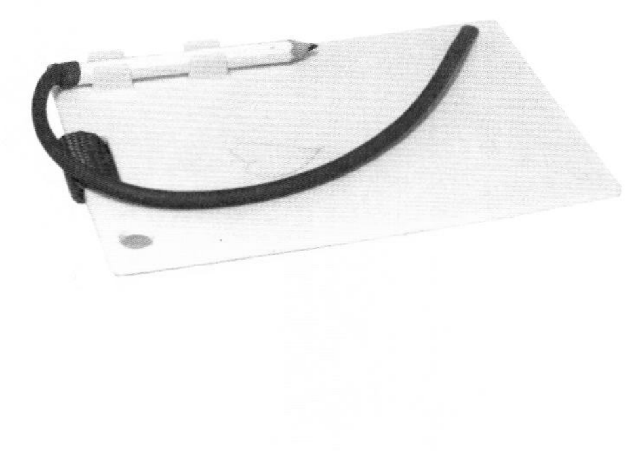

수중 서판: *Underwater writing tablet*

2007년 9월-2009년 7월

미국 캘리포니아주 로스앤젤레스

뻔한 결말

크레이그리스트(미국 최대의 생활 정보 사이트)에 남편이 바람을 피우는 걸 알게 되었다는 글을 썼다. 그 글로 많은 반응을 얻었지만, 나와 같은 일을 겪고 있다고 연락한 사람은 한 명뿐이었다. 우리는 만났고 불륜이 시작되었다. 그는 스쿠버다이버였고, 나는 스쿠버다이빙 강습을 받고 자격증을 땄다. 우리는 남부 캘리포니아와 카리브해에서 몇 차례 스쿠버다이빙을 했다. 나는 물속에서 이 서판에 메시지를 적어 그에게 보여주곤 했다. 마스크를 벗고 그와 키스를 나누기도 했다. 내 결혼 생활이 끝나고 1년이 넘도록 우리는 함께했다. 내가 이혼했을 때 그는 아직 아내를 떠나기 전이었으나, 곧 이혼하고 다른 여자와 재혼했다. 그 후로 나는 다이빙을 하지 않는다.

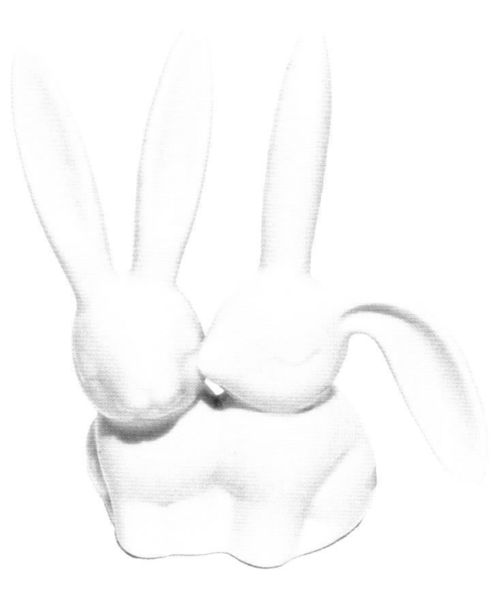

토끼 모양 반지 보관대: *Kissing-bunnies ring holder*

2002년 1월 25일-2016년 6월 14일

영국, 일본, 미국 캘리포니아, 메릴랜드

경고는 생략할게

우리는 설거지를 하거나 함께 요리를 할 때, 부엌 싱크대에 놓인 이 토끼 모양 보관대에 반지를 걸어두었다. 남편은 얼마 전 갑자기 다른 여자가 생겼다며 나를 떠났다. 경고 같은 건 없었다. 그는 9600킬로미터 떨어진 장소에서 내게 전화해 우리의 결혼 생활이 끝났다고 알렸다. 이제 나는 어린 두 아들과 계속 살아가며, 부엌에서 완전히 새로운 기억을 만들어나가야 한다.

손뜨개 스웨터: *Sweater of indecision*

2007년-2010년

미국 메인주 포틀랜드

망할 스웨터

그는 나와 데이트를 시작할 때부터 내가 자신을 위해 떠줬으면 하는 궁극의 스웨터에 대해 이야기했다. 그래서 나는 아름다운 털실을 샀다.

그의 요구는 자꾸 달라졌다. 크루넥이 좋겠어. 아니, 헨리넥이 낫겠어. 케이블 짜임이 좋겠어. 색깔은 회색, 아니 차콜색…. 나는 그가 희망 사항을 확실히 정할 때까지 뜨개질을 미루었다. 결국 그는 끝까지 마음을 정하지 못했다.

우리는 3년 동안 행복하게 살았다. 그가 나보다 스무 살 어린 학생과 바람이 나서 날 버릴 때까지. 나는 그 집을 나왔다. 털실을 들고. 새 아파트에서 나는 와인 잔을 곁에 두고 그 망할 스웨터를 떴다.

입지 못할 옷이 되리라는 걸 알았다. 나의 유일한 계획은 그의 몸에 새겨진 타투를 옷에 재현하고, 그가 원한 여러 개의 넥라인을 전부 뜨는 것이었다. 나머지 부분은 분노에 차서 뜨개질을 하는 동안 자연스레 만들어졌다. 스웨터가 완성되자 제일 친한 친구(그녀도 뜨개질을 한다)와 함께 그것을 감상했다. 내가 뜨개질을 하면서 나도 모르게 짜 넣은 스웨터의 구석구석에 너무나 많은 상징이 담겨 있었다. 스웨터는 앞에서 보면 괜찮지만, 뒤에서 보면 털실의 올이 풀리고 있다. 심장은 올바른 위치에 있는가? 아니다. 게다가 완벽한 스웨터에 대한 그의 생각이 바뀜에 따라 색깔이 흐릿해졌다. 강박장애가 있으며 겉으로만 예의 바른 수동 공격로 우리의 관계를 좌지우지하고자 했던 그의 오른팔이 왼팔보다 훨씬 길다.
이 스웨터를 완성하고 여섯 달이 지났다. 친구가 인터넷에서 이별의 박물관을 찾았고, 연락해보라고 부추겼다.
내겐 이 옷이 더 이상 필요하지 않다. 당신의 마음에 들길 바란다.

결혼은 아무것도 남기지 않는다

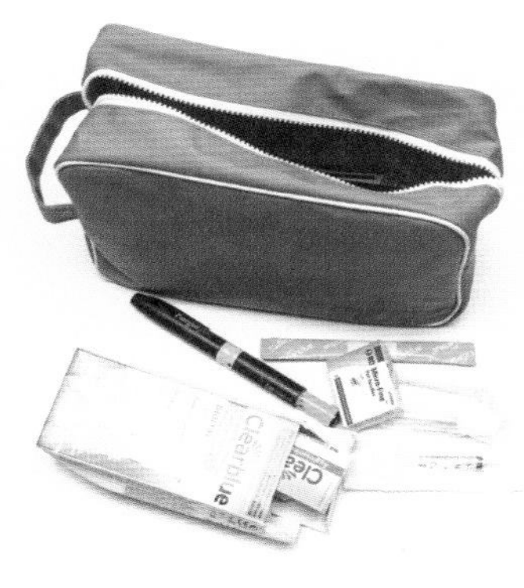

체외수정 기구: *IVF equipment and accompanying bag*

9년

핀란드 헬싱키

난임 치료를 받는 동안 남편은 새 여자를 만났다. 내가 몸에 호르몬을 투여하고 아이를 고대하는 동안 그는 다른 사람과의 미래를 꿈꾸고 있었다. 배아를 이식한 다음 날, 그는 나를 떠났다. 남은 건 이 기구와 여섯 개의 동결 배아뿐이다. 결혼은 내게 아무것도 남기지 않았다.

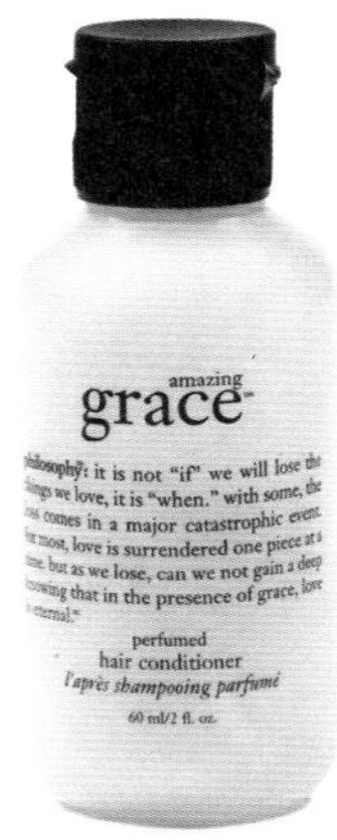

컨디셔너: *Amazing Grace conditioner*

기간 미상

영국 런던

오래오래 애도하기

개방혼(결혼 관계에 있는 사람이 배우자 외 다른 사람을 공개적으로 만나는 결혼의 형태) 관계였던 W와 그 부인은 자신들 사이에 내 친구 데이브를 초대했다. W 부인은 데이브 소유의 바다가 보이는 숲속 오두막에 머물렀다가 떠나면서 여행용 세면도구를 두고 갔다. 그해 12월 30일에 W 부부는 자동차 사고로 사망했다. 데이브는 제일 친한 친구와 사랑하는 여자를 잃었으나 그에겐 애도를 위한 공간이 없었다. 그는 2월에 그의 오두막을 방문한 내게 W 부인의 세면도구를 주었다. 나는 이 병에 적힌 메시지를 이별의 박물관에 바치고자 한다. 이제야 데이브가 공식적으로 애도할 공간이 생겼다.

기념품 : *Souvenir*

13년

영국 링컨

인생 최악의 휴가

내 인생 최고이자 최악의 휴가가 남긴 기념품이다.

1997년 디즈니월드였다. 당신은 입구에 서서 언젠가 다시 우리를 이곳에 데려오겠노라 약속했다. 엄마는 지킬 수 없는 약속은 하지 말라고 했다.

나는 당신이 어째서 어린 두 딸을 거부했는지 이해하는 걸 포기했다. 그 어떤 변명으로도 당신을 용서할 수 없을 것임을 알기에.

당신은 나와 엄마의 인생에서 사라짐으로써 의도치 않게 내게 교훈과 살아갈 힘을 남겨주었다. 감사한 일이다.

부서진 결혼식 비디오테이프:

Destroyed VHS tape of my father's wedding

1990년대 중반–2009년

미국 콜로라도주 덴버

지독히도 벗어나고 싶었던

부모님은 26년의 결혼 생활 끝에 이혼했고, 아버지는 곧 직장 동료인 여자를 만나기 시작했다. 돈줄을 잡았다고 여긴 그녀는 아버지를 쫓아다니다가 결혼에 성공했고, 곧바로 퇴직하여 다시는 일하지 않았다. 아버지는 계속해서 전일 근무를 했고, 퇴직한 뒤에도 그녀의 끝없는 쇼핑에 돈을 대기 위해 다시 일자리를 찾아야 했다. 낮에는 종일 자고 밤에는 홈쇼핑을 보며 쓸모없는 물건들을 사는 게 그녀의 습관이었다. 그녀는 아버지를 금전적으로나 감정적으로나 철저히 망가뜨렸다.

아버지는 암 말기에 접어들어 수명이 한 달 남았다는 진단을 받았다. 그러나 아버지는 그녀가 집에 쌓아둔 물건들 때문에 집에서 호스피스 서비스를 받을 수 없었다. 아버지가 가입한 보험으로는 호스피스 인력을 지원받을 수는 있지만 시설에 입원할 수는 없었다. 그녀는 '그가 죽고 나서 내가 받는 돈이 줄어든다'는 이유로 아버지의 퇴직 적금을 깨는 데 반대하고, 아버지를 극빈자 시설에 보내려고 했다.

결국 일주일에 1,200달러가 드는 입원비를 감당한 건 버림받은 전 부인인 우리 어머니와 아흔한 살의 우리 할머니였다. 이미 껄끄러워진 관계는 시간이 흐르며 더 악화되었다. 호스피스 직원들은 우리에게 그녀와 다시는 만나지 말라고 조언했다. 아버지가 돌아가시자 그 못된 여자와 만남을 피하기 위해 우리 남매와 어머니, 할머니, 삼촌과 고모는 전부 장례식에 불참했다.

몇 년 뒤 이 결혼식 테이프를 발견하고 나는 경악했다(그리고 공포에 질렸다). 나는 누나에게 연락했고, 우리 둘 다 테이프를 파괴해야 한다는 데 동의했다. 우리는 지금 당신이 보고 있는 이 테이프를 내 차로 깔아뭉개고, 스크루 드라이버로 찌르고, 라이플총으로 여러 차례 쏘고, 톱으로 반을 가르고, 도끼로 내리치고, 불에 태웠다. 테이프를 파괴하는 행위는 우리에게 좋은 치료가 되었다.

신발을 선물하면 안 되는 이유

고무 신발: *Rubber shoes*

기간 미상

필리핀 마닐라

사랑하는 사람에겐 선물로 신발을 주면 안 된다고 한다. 그 신발을 신고 떠날 테니까. 2004년 크리스마스에 나는 그에게 신발을 선물했고, 몇 달 뒤 우리는 헤어지기로 했다. 미신일까? 나는 미신을 믿지 않는다. 나는 그냥 그를 떠났다. 나는 아직도 걷고 있지만, 발에는 다른 신을 신고 있다.

친구의 그림: *Fair attraction*

1985년-2003년(18년)

네덜란드 암스테르담

죽음이 여행을 막지 못하기를

1989년 여름, 화가인 친구 프리츠 판 레이우엔이 차를 사고 싶다고 해서 그에게 돈을 빌려줬다. 그는 그 돈을 갚지 못했고, 대신 나와 F와 P를 그린 이 그림을 내게 주었다. 암스테르담의 세 남자는 여러 해 동안 화려하고 복잡한 삼각관계에 놓여 있었다. 어느 뜨거운 여름날 우리는 대규모 특별 전시회를 열어 이 그림을 공개했다. 우리 세 사람은 함께 끝내주는 시간을 보냈고, 바보 같은 계획들을 세웠다. 예를 들면 전 세계에 납골당이 있는 회사를 차려, 화장한 재가 담긴 항아리에 세계 여행을 시켜주자는 것이었다. 죽음이 여행을 막지 못하기를. 에이즈라는 역병이 돌던 시기였고 죽음은 언제나 지척에 있었다.

나는 가운데에 있는 남자다. 내 왼쪽의 남자는 삼각관계에서 발을 뺐고, 내 오른쪽의 남자는 죽었다. 이제 나의 죽음도 가까워졌다. 이 그림을 이별의 박물관에 보내고 싶다. 죽음이 여행을 막지 못하기를.

아버지를 닮은 조각상: *Plastic painting of St. Francis*

죽음이 우리를 갈라놓을 때까지

스위스 바젤

당신께 자유를 드려요

어렸을 적 아버지는 수시로 집을 비웠다. 집에 돌아왔다가 얼마간 시간이 지나면 다시 짐을 싸서 떠났다. 어머니는 나와 여동생에게 매번 설명했다. “너희 아버지는 아름다운 새와 같단다. 이곳에 머무르실 때 기뻐하되 다시 날아가도록 놓아드려야 한다.” 솔직히 그 말을 완전히 이해할 수는 없었다.

아프리카인 가정부가 크리스마스 선물로 내게 이 플라스틱 그림을 주었다. 어머니는 싸구려 그림이라며 버리고 싶어 했지만 나는 그림을 방에 두었다. 그림 속 남자가 아버지를 연상시켰기 때문이었다. 나는 스위스로 이사할 때도 그림을 가지고 갔다.

2010년 여름에 아버지를 마지막으로 보았다. 나는 이제 유년 시절부터 보아왔던 그 새를 홀가분하게 놓아주려 한다.

랍스터 인형: *Stuffed lobster*

3년 3개월

보스니아헤르체고비나 사라예보

랍스터와 그 남자의 상관관계

그는 잘생긴 중국인이었다. 우리는 미국에서 학생으로 만났다. 내가 사라예보에 있고 그가 싱가포르에 있던 어느 여름, 그는 내게 랍스터 인형을 보내주었다. 나를 생각하고 있다는 뜻이었다. 랍스터와 사랑이 무슨 관계기에? 그럼에도 나는 침대를 내주었다. 내 말은, 랍스터 인형에게 말이다. 그리고 나중엔, 내게 이 인형을 준 남자에게도.

킥복싱 장갑: *Kickboxing gloves*

2014년-2016년

크로아티아 두브로브니크

무척이나 그리울 거야

우리는 좋은 경기를 벌였다. 펀치와 땀, 더위와 추위, 다양한 상대를 겪었다. 이제 이 한 쌍의 장갑은 쉬도록 놓아주고, 새 장갑과 다시 경기를 시작할 시간이다. 좋은 관계였다. 많은 이들을 훈련시켰고, 많은 이들에게 희망을 주었다. 무척 그리울 거다. 하지만 나는 이 장갑을 그냥 버리지 않고 의미 있는 곳에 기증하기로 결정했다.

이 장갑을 내게 선물한 소녀를 기억한다. 원래 나는 이 장갑으로 그녀를, 오로지 그녀만을 훈련시킬 생각이었다. 그녀와는 결국 잘 풀리지 않았지만 이 장갑은 내게 기적을 일으켜주었고 닳아 해질 때까지 내 곁을 지켜주었다.

나무 술병: *Empty wooden bottle of rum*

2014년 7월-2015년 6월

미국 캘리포니아주 셔먼오크스

우리가 함께 취한 밤

우리는 호텔 방, 버석거리는 흰 이불 아래에서 이 럼주를 깨끗한 유리잔에 담아 마셨다. 취하고, 서로를 알아가고, 점점 더 행복해지면서. 우리는 일주일 뒤 내 집 소파에서 술병을 마저 비웠다. 이탈리아 음식으로 만찬을 즐긴 뒤였다. 우리는 포만감에 젖었고, 취했고, 또 한 번 행복했다. 병을 다 비웠을 즈음 우리는 사랑에 빠져 있었다.

사랑이 다시 올 때

사랑을 위한 향: A can of love incense

1994년, 미국 인디애나주 블루밍턴

효능 없음.

날개 반지: Wing ring

1년, 영국 케임브리지

나는 멀리 날아갔고, 돌아오는 길을 찾지 못했다. 다른 장소와 다른 사람들이 내는 밝은 빛에 눈이 먼 탓에.

프랑스 신분증: A French ID

1980년 2월-1998년 6월, 슬로베니아 류블랴나

대단했던 우리의 사랑이 남긴 유일한 유산, 시민권.

빨간 구두: Red shoes

2년, 프랑스 파리

그가 피갈의 성인용품점에서 사온 구두.

다리미: Iron

기간 미상, 노르웨이 스타방에르

이 다리미로 내 결혼식 예복을 다림질했다. 이제 남은 건 다리미뿐이다.

강아지 장난감: Hamburger toy

2011년-2012년, 룩셈부르크 디페르당주

그보다 그의 개가 남긴 흔적이 더 많다.

팅글러: The Tingler

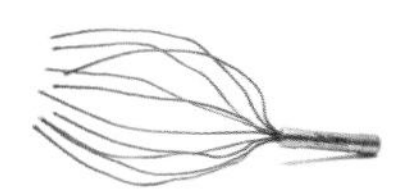

2005년, 크로아티아 자그레브

에로틱한 머리 마사지에 사용하는 팅글러. 전 여자친구에게 돌려줄 만한 물건은 아니다.

휴대폰: Mobile phone

2003년 7월 12일-2004년 4월 14일, 크로아티아 자그레브

너무 긴 300일이었다. 그는 내가 자신에게 연락하지 못하도록 자기 휴대폰을 내게 주었다.

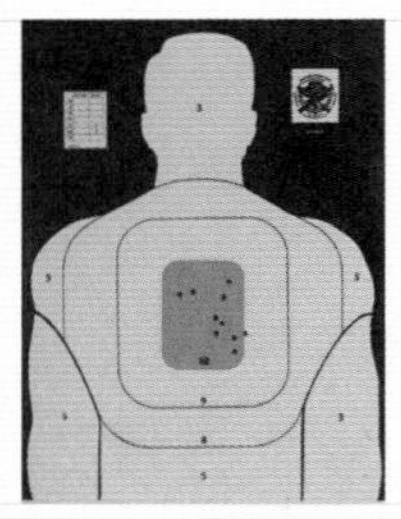

표적지: Target

2011년 11월 1일-2015년 10월 21일, 덴마크 코펜하겐

로스앤젤레스의 사격장에 갔을 때 전 애인이 AK-47로 쏜 표적지.

러시아 콘돔: Russian condoms

1년, 미국 인디애나주 블루밍턴

여자친구가 여행 기념품으로 사온 러시아 콘돔. 그녀와도, 그 누구와도 사용하지 않았다.

남성 청결제: Intimate shampoo

1995년-2006년, 크로아티아 스플리트

이별 후 어머니는 이 물건을 유리 닦는 데 사용했다. 효과가 끝내준다나.

다이아몬드 반지: Diamond ring

2010년-2012년, 미국 캘리포니아주 아케이디아

S(he) Be(lie)ve(d).
그녀는 믿었고, 그는 거짓말을 했다.

가터벨트: Garter belts

2003년 봄-가을, 보스니아헤르체고비나 사라예보

한 번도 착용하지 않았다. 착용했더라면 우리 관계가 더 오래갔을까.

개구리 장식품: Frogs

36년, 미국 인디애나주 블루밍턴

내가 세 살 때 어머니가 떠났다. 이 개구리들은 그녀가 내게 준 몇 안 되는 크리스마스 선물이다.

어머니의 유서: My mother's suicide note

1959년-2007년, 네덜란드 암스테르담

H에게,
이런 상황에서 편지를 쓴다는 게 거의 불가능하구나. 너와 M.과 M.이 최대한 잘살길 바란다. 많은 사랑과 행복을 누리면서. 엄마가.

기억의 상자: 3 bridesmaid bouquets, letters from Afghanistan, and medals

2008년-2016년, 덴마크 호른베크

전쟁을 견디기엔 약했던 사랑. 여러 해 동안 기다린 어머니의 남편, 나의 아버지는 집에 돌아와 우리를 떠났다.

「엑스 파일」 배지: X-Files pin

2015년 6월-2016년 1월, 미국 캘리포니아주 샌프란시스코

그때 내가 사귀던 남자아이가 준 새해 선물. 나는 이 관계를 '믿고 싶다.'

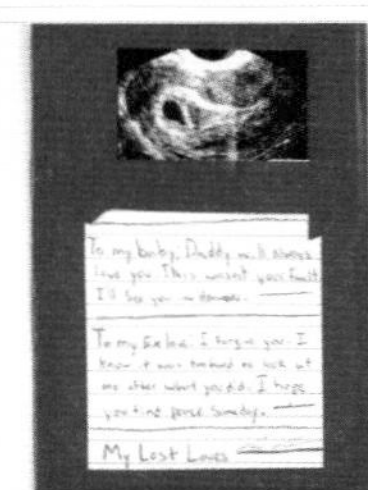

초음파 사진: Ultrasound photo

2015년 5월-9월, 미국 아이다호주 보이시

소용돌이 같았던 사랑은, 죄책감의 그늘 아래서 내린 결정으로 망가졌다.

콘택트렌즈: Contact lenses

2012년-2015년, 미국 오하이오주 오벌린

나는 둥그렇게 말린 이 렌즈들을 계속 침대 옆 탁자에 보관해왔다.

수갑 한 쌍: Pair of handcuffs portrait

2011년-2015년, 캐나다 앨버타주 에드먼튼

섹스 유희는 재미있었지만, 당신의 수갑에서 풀려나는 편이 더 행복하다.

약속의 반지: Promise ring

2006년-2009년, 미국 켄터키주 파인빌

우리는 약속 하나 지키지 못하는 두 어린애에 불과했다.

레게 헤어: Dreads

2001년 10월 -2008년 8월, 프랑스 알포르빌

102도로 끓던 우리의 관계는 초신성처럼 끝나서 거대한 블랙홀을 남겼다…. 어려운 날들이었다. 위험한 날들이었다.

앤티크 시계: Antique watch

1987년, 크로아티아 자그레브

그녀는 앤티크를 사랑했다. 낡고 더 이상 작동하지 않는 모든 것을. 정확히 그것이 우리가 더 이상 함께일 수 없는 이유다.

돌을 담은 상자: Transparent box with a stone

1992년-1997년, 독일 하이델베르크

발트해 뤼겐섬 해안가의 로맨틱한 등산로에서 모은 다양한 모양의 돌과 벨렘노이데아 화석에는 서로 다른 대륙에 사는 두 사람의 사랑이 영원하기를 바라는 내 마음이 담겨 있다.

농구화: Basketball shoes

2009년 9월-2010년 9월, 미국 워싱턴주 시애틀

우리는 같이 농구를 했다. 그는 이성애자였고 나는 아니었다. 그가 요즘 만나는 여자들 이야기를 할 때마다 나는 속에서부터 죽어갔다.

책: Paul McKenna "I can make you thin"

4년, 영국 혼캐슬

폴 맥키나의 『나는 당신을 날씬하게 만들 수 있다』. 이 책은 전 약혼자가 준 선물이었다…. 더 말할 필요가 있을까?

빨간 운동화: Red trainers

2006년 7월-2009년 12월, 영국 링컨

그 남자가 내게 사준 이 운동화는 아름답다. 그 남자처럼. 이 운동화는 내 발에 맞지 않아서 아프고 불편했기에, 잠깐만 신을 수 있었다. 그 남자처럼.

복수의 토스터: The toaster of vindication

2006년-2010년, 미국 콜로라도주 덴버

집을 떠나 미국의 반대편 끝으로 가면서 나는 이 토스터를 들고 갔다. 본때를 보여준 거다. 그는 이제 다시는 토스트를 먹을 수 없겠지.

사진: Photograph

1993년-1995년, 미국 인디애나주 블루밍턴

남자친구와 학교 수업을 땡땡이치고 놀러 갔던 플로리다의 호숫가. 화살표를 친 건 내가 처음 햇살 아래에서 남자의 성기를 본 장소다.

돋보기: Magnifying glass

기간 미상, 필리핀 마닐라

그녀는 내게 이별을 기념하여 이 돋보기를 주었다. 이유를 알 수 없는 선물이었고, 그녀도 의미를 설명하지 않았다. 단지, 그녀는 내 곁에 있으면 작아진 기분이라고 말하곤 했을 뿐이다.

작은 짐 가방: Small suitcase

2004년 10월 10일-2007년 4월 19일, 세르비아 벨그라드

2년 반이라는 시간을 짐 가방에 쌌다. 작은 가방 하나면 충분하리라는 것을 오래전부터 알고 있었다.

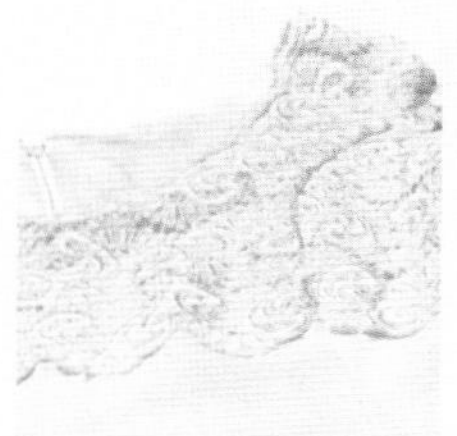

웨딩드레스: Wedding dress

1995년-2003년, 크로아티아 자그레브

다시 결혼하게 되면 돌려받을 수 있나요?

옮긴이 **박다솜**

서울대학교 언어학과를 졸업했다. 옮긴 책으로는 『관찰의 인문학』, 『죽은 숙녀들의 사회』, 『여자다운 게 어딨어』, 『원더우먼 허스토리』, 『매일, 단어를 만들고 있습니다』, 『불안에 대하여』 등이 있다.

지구상에서 가장 특별한 203가지 사랑 이야기

내가 사랑했던 모든 애인들에게

초판 1쇄 인쇄 2019년 9월 10일
초판 1쇄 발행 2019년 9월 19일

지은이 올린카 비슈티차, 드라젠 그루비시치
옮긴이 박다솜
펴낸이 김선식

경영총괄 김은영
기획 윤세미 **편집** 박화수 **디자인** 심아경 **크로스교정** 조세현, 이현주 **책임마케터** 박지수
콘텐츠개발3팀장 윤세미 **콘텐츠개발3팀** 심아경, 한나비, 이현주, 박화수
마케팅본부 이주화, 정명찬, 권장규, 최혜령, 이고은, 허윤선, 김은지, 박태준, 박지수, 배시영, 기명리
저작권팀 한승빈, 이시은
경영관리본부 허대우, 하미선, 박상민, 윤이경, 권송이, 김재경, 최완규, 손영은, 이우철

펴낸곳 다산북스 **출판등록** 2005년 12월 23일 제313-2005-00277호
주소 경기도 파주시 회동길 357 3층
전화 02-704-1724 **팩스** 02-703-2219 **이메일** dasanbooks@dasanbooks.com
홈페이지 www.dasanbooks.com **블로그** blog.naver.com/dasan_books
종이 한솔피엔에스 **출력·인쇄** 갑우문화사

ISBN 979-11-306-2377-1(03840)

• 이 도서의 국립중앙도서관 출판시도서목록(CIP)은 서지정보유통지원시스템 홈페이지(http://seoji.nl.go.kr)와 국가자료공동목록시스템(http://www.nl.go.kr/kolisnet)에서 이용하실 수 있습니다. (CIP제어번호: CIP2019030742)